サイゴンに咲く

関口登志

SEKIGUCHI Toshi

文芸社

サイゴンに咲く ◎ 目次

プロローグ 5

春 7

夏 64

秋 160

冬 192

エピローグ 八月二十八日 242

プロローグ

ベトナム社会主義共和国の南に位置するホーチミン市には、四季というものがない。

一年は主に雨季と乾季に分けられてはいるが、気温に大きな差異はなく一年中が夏と言ってもよい。

人は四季の有る無しによって大きく変わる。

そんなことは当たり前だと思うかもしれないが、これは実際その土地に住んでみないことには到底分からない。

春

mùa xuân

拓真がホーチミン市を初めて訪れたのは、まだ平成だった頃の四月のことで、その機体をターコイズブルーに染めたベトナム航空機は、関西空港を午前中に飛び立ち、約六時間をかけてホーチミンシティ・タンソンニャット国際空港に到着した。

入国審査を済ませるまでは、空調が利いていることにさえ気付いていなかったのだが、一歩ターミナルビルを出た時に感じた暑さは、ぼんやりとは持っていた想像をはるかに超えるものだった。思わず降りたばかりの飛行機に戻って、すぐにでも帰ってしまいたいと思った。そんな人を不安に陥れる熱気に、早くも後悔がちらついた。

一度下見にでも来ていたら、おそらく二度目はなかっただろう。まだ花冷えのする四月の大阪からたった六時間足らずのうちに、摂氏三十五度はあろうかという別世界へ移動したのだから、それはごく自然な反応とも言えたが、ここで少なくとも一年を過ごさなければばならないという観念が、強く働いていたせいかもしれない。

単に黄色と言い表すしかない、Ｌサイズのスーツケースを引いて、拓真は大勢と一緒に歩きながらも目だけは忙しなく動かしていると、「沢田さーん！」と離れたところから声をかけられた。知る人のいない国外の地で、ただ一人拓真のことを見知ってくれている東村氏だった。挨拶も早々に彼は日本製のバンの運転席にいた、まだ二十歳そこそこの青年に荷物を積み込むように指示をした。

「とりあえず、スーパーにでも行きますか？」

そう言って彼は、拓真を広い後部座席に案内すると、自分はさっきまでいた助手席へと、その大きな身体を器用に滑り込ませた。

「さすがに暑いでしょう」

「はい、正直こんなに暑いとは思いませんでした」

「そうですよね、まぁこの時期が一番なんですがね」

拓真が「そうなんですか」と言うと、二人のやりとりはひとまず終了した。

運転手は一見すると日本人とも思える風貌だったが、走り出してすぐに東村と話し始めた。おそらくこれがベトナム語だろうと思いながら聞いてはいたが、拓真は東村がテンポよく現地の言葉で会話していることに少なからず驚かされた。

彼は一人、後ろの席から窓の外に流れるホーチミンの街の景色を食い入るように眺めた。そこには日本とは紛れもなく異質な光景が広がっていて、それは誰かが無作為に撮り溜めた、これといって意味のない動画のようでもあった。

日本とベトナムの時差は二時間ある。拓真はそれに気付いて腕の時計を二時間遅らせた。まだ昼の二時を少し過ぎたところで陽射しは強く、街は至る所で大小の濃い影を作っていた。夏の季節がいつもそうであるように、そこでは赤や青の原色がよく目についた。石材でできているのだろうか、見た目はどれも頑丈そうな建物は、皆五、六階ほどの高さがあり、ほとんどが何かしらの商いに使われているようで、互いに間隔を設けることなく、びっしりと建ち並んでいた。

そして道路はオートバイでいっぱいだった。側道はもちろんのこと、バイクが幅広い道のほとんどすべてを埋め尽くしている。二人乗りはごく当たり前で、三人、四人と相乗りしているバイクもあった。皆一様にヘルメットをつけてはいるが、そのかぶり方は至極自由で、ほぼ全員が色柄とりどりの、思わずはしゃぎたくなるようなマスクをしている。空を見ると晴れてはいるがすっきりとはせず、なぜ彼らがマスクを着けているのか、その理由が分かった。

十五分も走ったところで、バンはスーパーらしき広い駐車場に入った。

「沢田先生、じゃあ、ちょっと寄って行きましょうか」

東村は振り向きざまにそう言った。

そう、このベトナムに着いたばかりの拓真は、まさに生まれたての先生の卵なのだ。今年誕生日が来たら、もう三十歳になろうかという沢田拓真は、新米の日本語教師。と言っても、まだ実際の教壇に立ったことはない。実は彼にしても「日本語教師」という職業がこの世にあることを、つい一年ほど前まで知らずにいた。

多くの人は、日本人なら母国語ぐらいは教えられると思うだろう。拓真自身もそうだった。日本の子供たちに日本語を教えるのが国語教師だとしたら、外国人や日本語があまり話せない人たちに教えるのが日本語教師と言える。

もっとも彼は、ベトナム語をまったく話せないし、「ありがとう」や「こんにちは」さえ、まだ一度もベトナム語で発したことがない。加えて英語にしたところで、Canの後にa littleを付けなくては相手に失礼にあたるレベルなのだ。つまり彼にとって、このベトナムでこれからしようとすることのすべてが、まったく初めての試みであった。それをチャレンジと言えば響きはよいが、その無謀とも言える行為を唯一受け入れてくれたのが、他でもないこのベトナム、ホーチミンだった。

車から降りると、空港で感じた理不尽なまでの暑さは、だだっ広い駐車場に流れる風のおかげで、ほとんど感じなくなっていた。

「じゃ沢田さん、三十分ほどしたら、また車で……」

そう言って東村は、レジかごを手に店の中へと消えていった。

目の前に広がる初めての光景。そこには大勢のベトナム人が、まさに蟻のごとくうごめいていた。

＊

望んで来たわけではなかった。

近隣の韓国や台湾、そして香港やフィリピンなど、それら多くの国や地域は、拓真を日本語教師として受け入れてはくれなかった。インターネットのサイトで「日本語教師募集」を見付けては、該当する応募書類を何通も送った。しかし結果はいつも同じで面接にさえ辿り着かず、それならばとたまたま偶然、SNSのタイムラインで見かけた募集に期待をかけた。まさか自分がベトナムにまで就職の希望先を広げることになろうとは思ってもみなかった。

面接は大阪駅の近くで行われ、その時初めて会ったのが採用責任者の東村だった。初対面の時から彼は、とてもフレンドリーな態度で拓真を迎え入れてくれた。おそらくよっぽどの男でない限り、東村は応募者にウェルカムを伝える心づもりであったのだろうと、今になってはそう思う。

＊

スーパーは、かなりの大きさにも拘らず冷房がよく利いていたが、店内はその方がより涼しく感じられるだろうとでも言うように薄暗く、拓真はその雰囲気に慣れるまで、しばらく店の様子を眺めることにした。

広い売り場の入り口近くには、ざっと十か所以上のレジカウンターがあり、一人ずつ若い女性がついていた。彼女たちの様子は日本のそれとは違い、客がいないところではひたすらお喋りを続けていて、誰かが来てやっと仕方なく動作にとりかかるといったふうだった。

拓真は初めて足を踏み入れた空間を、ゆっくりと五感を頼りに歩きだした。そして今この瞬間、自分は本当にベトナムにいるのだと強く意識した。

「先生！」

東村が思わぬところから近づいてきた。拓真は先ほどから、彼の自分への呼びかけに、まるで統一性がないことを感じていた。

「あれっ、まだ何もかごに入ってないじゃないですか」

「ええ、何だか買い物より、人を見るのが忙しくて……」

「そうですよね、先生はまだほんのさっき着いたばかりですものね。私なんかもう一年のうちの半分はこっちですから、もうどっちがどっちだか。ええっと、三十分ぐらいで大丈夫ですか？」

「はい、大丈夫です」

そう拓真が答えると、彼はまた大股で来た方向へと歩いて行った。

関西空港で、三万円分の日本円をベトナムの通貨であるドンに替えていたので、買い物に困ることはなかったが、何を買ってよいものか分からず、そして向かったのが酒類のコーナーだった。ウイスキーは何種類かスコッチの品揃えがあり、その中の一本をブランドを頼りに取りだし、ベトナムで最初に選んだ買い物品として赤いレジかごに入れた。それから今夜のビールを二本、３５０㎖缶をデザインで選んだ。そしてまだ少し時間があったので、小さくカットされたフランスパンの袋二つと、オレンジジュースの１ℓパックを一つピックアップしてレジへと向かった。

レジの若い女性スタッフは「ようこそベトナムへ」とも言わないで、無言のうちにレジを打ち、さっと品物をレジ袋に入れ、いくらとも告げず代金の支払いを待っている。表示されていた金額に見合う札を渡すと、それはまた素早くしなければいけないルールでもあるかのように、釣りの紙幣をひょいと拓真の手に戻した。まさに初めてのベトナム人との接触だったが、それは明らかなカルチャーショックと言えるものだった。

レジを抜けると、さっきよりも太った感じのする東村がいた。

「いやいや、さっそくお酒ですか」

彼はよく通る声で言った。そう言われると少しばつが悪かったが、拓真は頷いた。

「はい、これがないと夜が長いので……」

つい彼はそんなセリフを口にしていた。

「そうですか、私も嫌いな方じゃないので、落ち着いたらまた近いうちにご一緒いたしましょう」

東村はそう言いながらも、すでに体は出口の方へと向かっていた。


東村がベンと呼ぶ青年は、またゆっくりと車を大通りに戻し走り出した。

「彼は、日本語は?」と拓真が尋ねた。

「ああ、彼は学校で広報関係の仕事をしているベンです。日本語はまったく話せません。うちの学校は、生徒集めの手段をほとんどインターネットに頼っていましてね、彼はとても有能なエンジニアなんですよ」

「へぇー、そうなんですか。初め見た時、日本人かと思いました」

「そうですね、なかなかの男前でしょう。まぁ彼には広報以外にも、いろんな仕事をこなしてもらっているんですが。例えば今日みたいにドライバーの役なんかもね」

そう言って東村は、ベンに何やら話しかけた。ベンはちらっと拓真の方を見てほほ笑んだ。拓真はその瞬間、彼のことをとても身近に感じて「ベン君、よろしくお願いしますね」と言った。するとベンは、またにこりとして「はい」と短く答えた。おそらく勘で返したのだろうが、あまりのタイミングのよさに、彼は本当は日本語が話せるのでは、と思ったほどだった。


車はその後市街地をしばらく走り、やがて脇道へと入った。そして住宅街とも思えるエリアの中の、まるでホテルには見えない建物の前で停まった。

「さぁ、着きましたよ。ここが沢田先生のホテルです」と東村が言って、五階ほどある建物を指さした。一見して下町のような町並みの一角で、彼の宿は左右の同じような造りをした建物と、ぴったりと寄り添うように建っていた。

玄関は開け放たれていて、すぐ手前には小さなカウンターらしきものがあったが誰もおらず、奥はすべて駐車スペースになっていた。ベンから荷物を渡され、あとは二人でエレベーターに乗り、四階で降りて部屋の前まで着いた。

「さぁ、ここです。やっと着きました」と言いながら東村は、ポーンと勢いよくドアを押し開けた。先に彼が入り、拓真はそれに続いた。

「広くはないですが、割ときれいでしょう。ちょっとここにいてもらえますか？　私は下で簡単な手続をしてきますので……」

そう言って彼は、今度はドアを最後までゆっくりと閉めた。

白が基調の明るい部屋だった。ワンルームに、シャワーと小さなシンクがあるだけのこぢんまりとした部屋だったが、その多くはセミダブルほどもあるベッドに占領されていた。それでも石材のような、淡いアイボリーの床の色のせいか、狭さはそう感じなかった。ただ黄色いトランクだけが、突然舞い込んだ部外者のように、この部屋で一人、異彩を放っていた。そしてその小さな物体が、拓真にはまるで自分自身のようにも思えるのだった。

東村が戻って来て、部屋の鍵を渡してくれた。

「しばらくは、こちらでお願いします。まだ他にも物件はあるんですが、このホテルは何でも揃うスーパーも近いですし、何といっても学校がすぐそこなんです。まぁそういうロケーションのよさという意味では、ここが一番かもしれませんがね」

と言って、学校の方向を指でさした。

「そんなに近いんですか？」

「ええ、あとで一緒に行ってもらいますが、もう本当にそこです」

拓真は自分の部屋と呼べる場所に着いて、ようやく少し落ち着いた気分になった。そして改めて東村に礼を述べた。

「いえいえ、沢田先生には頑張ってもらわなくちゃいけませんからね。では私はこれで一旦失礼して、そうですね……一時間ぐらいしたらまた来ます。ちょっとだけ学校に顔を出していただきたいので」

そう言い残して、彼はまた慌ただしく部屋を出て行った。


どこに案内されたところでNOとは言えない、まだ教師として駆け出してもいない拓真だったが、空港で不意に襲われた帰国願望は、少なくともこの時点であらかた払拭されていた。

狭い部屋には不釣り合いな大きめの窓があり、近づくと通りが見下ろせた。斜め向こうの角には、バドワイザーとおなじみのロゴで書かれた看板があり、屋上一面がテントで覆われたビアガーデンのようになっていた。もし勇気が出ればの話だが、今日の晩にでも行ってみようかとぼんやり考えた。

空調が心地よく利き始め、張りつめていたものが急速に緩んだのか、大きなベッドに身体を預けていた拓真は、そのまま微睡んだようだった。気が付いて時計を見ると、約束の時間が迫っていて慌てて洗面台で顔を洗ったがそれでは足りず、思い立ってシャワーを浴びた。思いのほかその水流には勢いがあり、程なくして彼を覚醒させた。そして急いで身づくろいを済ませたところに、インターフォンが乾いた音をたてた。


学校はホテルから三分足らず、玄関を出て角を二つだけ曲がったその先にあった。二つ目の角を曲がってからは、周囲は閑静な住宅地といった佇まいになり、そんな中に日本語学校「富士アカデミー」はあった。

それは玄関の塀や門柱に派手な色づかいで掲げられた看板がなければ、並びの住宅と何ら変わることのない建物で、そこが学校とは誰にも思えないものだった。正面から見て左側半分は地下へと続くスロープになっていて、奥はやはり駐車場になっているようだ。

東村は右側半分に十段ほど設けられた階段を、やれやれと言うように上がり始めた。

「さぁ、先生もどうぞ。この階段にはいつも泣かされます」

彼はその大きな体を揺すりながら早くも息を弾ませた。

そして入り口の重そうなガラス扉を引いて中に入ると、受付にいた女性二人に声をかけ、ベトナム語で拓真を紹介した。とっさなことに彼は、何と応えてよいのか分からず、お辞儀をしてから「はじめまして、沢田です。よろしくお願いします」と型通りの挨拶をしたが、それには構わず東村は廊下を進んで、今度は部屋の扉が開いたままになっているその先を指した。

「ここが職員室です」

見えたのは広さこそないが、いかにも職員室といった雰囲気の、デスクがざっと二十近く並ぶ空間で、拓真はその一番奥ですでに並んで立っていた二人と目が合った。大阪で東村の面接を受けた時に、ビデオ通話を使ってほんの少しだけ言葉を交わした、野口先生とベトナム人のタオ先生だ。

「沢田先生ですね、野口です。遠いところをよくお越しくださいました。お疲れのところすみません。このたびは何度も何度もメールでいろんなお願いをいたしまして、大変失礼しました」

野口がまず挨拶をした。

「いいえ、ありがとうございました。おかげでこうしてやって来ることができました」

拓真がもう一度お辞儀をすると、一緒にお辞儀をしていたタオ先生が口を開いた。

「私はタオです。先生、先日はどうも失礼しました。ようこそベトナムへ」

彼女は、驚くほど滑らかな日本語で挨拶をした。大阪でのやりとりはものの五分ぐらいで、そのほとんどを野口と話したので、拓真はタオ先生がこんなにも達者な日本語を話すとは思いもしなかった。ベトナム人教師のリーダーを任せられているタオは、年の頃四十ぐらいに見えたが、華奢な体つきの上に小顔で、少女の趣を残す女性だった。

それとは対照的に、日本人をまとめる野口先生はふっくらとした体躯で、背丈も平均的身長以上はある拓真と、ほぼ変わらない大柄な人だった。彼女はそこに居合わせた何人かのベトナム人教師を紹介し、最後に日本人教師の吉田先生を紹介して、拓真の席が彼女の隣であることを告げた。

「沢田先生、よろしくお願い致します。先生の隣にいますので何でも聞いてくださいね。初めは分からないことばかりでしょうから。あともう一人、土井先生は今授業をしていますが、今晩の歓迎会にはいらっしゃると思いますので……」

吉田はいかにも歯切れのよい標準語を話したが、あとで聞くと九州の出身ということだった。歳は野口とおなじ三十代半ばか、もう少し上にも見えた。

「あっ、そうそう。沢田先生、今晩特に予定はないとは思いますが、お体空けておいてくださいね。お疲れのところ申し訳ありませんが」

先ほど吉田が言ったことを慌てて説明するように、東村は歓迎会のことに言及した。そして「今日は、日本人の先生だけですので」と内輪だけの催しであることを言い添えた。


拓真はその後、東村に学校の屋上まで案内してもらい、いくつか授業をしている教室を外から見せてもらった。彼はそれを何かとても不思議な気分で眺めた。

――今日初めて来たこの学校で、これから自分がその一員となって、同じように教壇から生徒に向かって授業を繰り広げる。まさに今、見てきたように……。それをずっと仕事としてやっていく。

そんなことをぼんやり考えながら、二階へ来た時に東村が立ち止まった。

「あの方が、土井先生です」と彼は声を小さくして教えてくれた。

土井は二十歳と少しほどに見えた。まだ先生になったばかりといった、初々しさが感じられる女性で、拓真に気付くとちょこんと頭を下げ、ほんの少し口角を上げてみせた。

「あの土井先生はワーキングホリデーを使って、オーストラリアにいる間に日本語教師の資格を取って、そのままこの学校に来たんですよ。もう来て六か月ぐらいは経ちましたかね。先ほどの野口先生が、向こうの養成講座の先輩にあたりましてね、そのコネもあって来てもらったんです」

するると東村が一層小声で、

「そのオーストラリアの学校で、彼氏が見付かったそうなんですがね……」

彼はそう言ってから「いやいや、これは余談でしたね」と呟いた。

＊

拓真は、そもそも自分がいったい何者であるのかを知らずにいた。

こうして日本語の先生として職を得て、遙かベトナムまでやっては来たものの、〝流れ者〟と言ってよかった。この仕事で何者かになるべく、努力を重ねてゆく気概こそ芽生えてはいたが、それはまだ確信があるものとは言い難かった。それでもずっと今まで何かを変えなくてはと思い、職業にしても尋ねられたらすぐに答えられる自分でありたいと願っていた。そして今はまだ卵だが日本語教師と答えられる。曲がりなりにも何者かになり得る、その入り口に立っていた。

彼がこの職業を初めて知ったのは、ちょうど一年前の四月の今頃だった。ふと見た電車の中吊りポスターに「青年海外協力隊募集」の大きな文字があり、笑顔で現地の人と対面する若い男女の姿が眩しげに写っていた。以前にも見たことがあるはずの画像から、なぜかその日は目が離せなかった。記されていた説明会の日程を、何を考えるわけでもなくしばらく眺めていたが、気が付くとそこをスマホで写し撮っていた。

難波のはずれにあった会場は、大きなキャパのせいでかなりの空席が目立っていた。拓真は中ほどで座ろうとしたが、思い直して最前列近くまで進んで着席した。各座席には分厚い資料が、真新しい封筒に入れて置かれていた。

定刻となり、席も少しは埋まってきたところで説明会が始まった。拓真は何かしら自分にできる仕事があるのだろうかと、じっと話に耳を傾けていたが、資料を繰ってみてもそれらしき職種は見当たらなかった。大学の文学部に入り、これといった資格や免許を持たないまま卒業し、現在まで来た彼にとってＪＩＣＡの募集職種は、どれも彼からは遠くかけ離れた現実味のないものばかりだった。

そんな中で、一つ目に留まったのが「日本語教育」という職種で、各国からの要請の件数も圧倒的に多かった。現地の教育機関などで日本語を教える仕事のようだが、やはり資格と経験が必要だった。拓真はその時何の根拠もなく、「これかもしれない」と直感した。

説明会が終わってから調べると「日本語教師養成講座」というスクールに通うと、その資格が得られることが分かった。もっとも協力隊に応募するには資格のほかに、所定の教授経験が必要だったが、国内や海外に一般に存在する日本語学校で教えるには、とりあえず充分な資格だった。

それを知ってからの彼の行動は、どうかしているんじゃないかと自分でも思うぐらいに素早いものだった。ネットで二、三の養成講座を絞り込み、実際に話を聞きに足を運んだ。結果担当者の説明の内容と、またその人柄に最も共感できる一校を選び、授業料を全額ローンで組み入学したのだった。ほんの一週間足らずの出来事で、入学した時にはすでに四月度の新学期が開始されていた。

彼は当時、アルバイターとして梅田にある大型書店に勤めていた。非正規とは言え勤続はもう三年目に入り、書籍の発注から返品の見極めなど売り場の管理全般を任され、正社員と何ら変わることのない仕事をこなしていた。

勤め始めた頃、教育係としてついてくれたのが、社員であり一つ年上の柴田真由美という女性だった。彼女は短期大学を出てすぐこの書店に入社し書籍、雑誌に限らず、ほぼすべてのジャンルを経験してきたベテランで、その指導はとにかく厳しかった。拓真は彼女に駄目出しをされるたび、心底その仕事が嫌になり何度も辞めようと考えた。

真由美は感覚でものを捉える拓真に対して、つねに根拠を求めた。書店は売れ筋を欠品させないようにし、時には大量にストックもして、いわゆる機会ロスを防ぐのが管理の第一歩なのだが、それはどんな小売業にも同じことが言えた。彼女は決して回転率はよくないものの、売れればまた必ず発注をかけ棚に戻さなければならないアイテムを、徹底して彼に教え込んだ。そこには品揃えマップのようなものはないが、彼女の頭の中には、書店で勤める者のあるべき矜持として、大量にインプットされていた。

また逆に、賞味期限が終わりそうなアイテムに対する彼女の見切りは実に素早く、彼は知らず知らずのうちに、真由美からそれらのさまざまを、肌感覚として身に付くように叩き込まれていった。

半年ほども経って真由美は彼の教育係を離れたが、エリア担当として関わる中で時に容赦のない注文をつけた。

それでも一年が過ぎる頃には、もうほとんど仕事の口は出さないが、仕事以外での会話が増えるようになった。するとそれまでは忌むべきものに思われていた彼女の黒い髪、濃い眉、そしてまるでこけしのような目鼻立ちすべてが、とても愛おしいものに変わってゆくのだった。そうして二人は、どちらからともなく仕事場以外でも会うようになっていった。

拓真は養成講座への入学を決めると、すぐに真由美に連絡してその夜難波で会った。

「へぇー、面白そうやね。でも一年も通うのって大変やなー、続く？」

真由美はその率直な感想を言った。

「まぁ月、水、金の週三回やから大丈夫やと思うけど……」

「それでも夜仕事終わってからでしょう、続いてくれたらええんやけど」

「うん、そらやってみんと分かれへんけど、もう七十万、全部ローンで払ったし……」

「それにしても日本語教師なんて仕事、よう見付けてきたね。拓真に合うてるような、そうでないような」

そう言って、真由美は拓真の顔を覗き込んだ。

「そう言われると困るんやけど。でもこれも、なんかの巡り合わせみたいに思えてきてるから」

「そうかぁ、でもそういう目標が一つできてよかったんとちゃう？　あんた前から、そんなことばっかり言うてたから」

真由美は今までのことを何気に振り返った。

なんばパークスにあるこの店は、拓真が初めて彼女を誘った日に選んだ店だった。エスニック料理とも言うべき店のメニューを二人とも気に入って、その後なんども利用するようになったのだが、店のあちこちにはその度ごとの思い出が、その席ごとにいつでも取り出せる思い出として残っていた。

「ところでその資格って、取ってからどないするの？　海外へでも行くつもりなん？」

彼女は何気にだが、拓真の心中を推し測るように訊いた。

青年海外協力隊の説明会に行くことは、彼女にだけ告げていたのだが、まさかこんなにも出し抜けにピストルの音がとどろき、考える間もなく走り出すような展開になろうとは、拓真自身思ってもいなかった。

「今はとにかく見付かった夢みたいなもんに、有難くチャレンジさせてもらうわ。正直この仕事で食べていけるかどうかも、まだはっきり分かれへんけど」

「その辺は拓真らしいけど。そうかぁ、分かれへんのか……」

「そやから、国内とか海外とかも、今はまだ先の話になるんかな」

「とにかく、そのＪＩＣＡのボランティアは、すぐには無理ってことなんやね」と真由美は念を押した。

「うん、それは無理みたい。とりあえず十月の終わりに『日本語教育能力検定試験』ていう超難しい試験があるみたいやから、それ目指して頑張るわ」

「うんうん、ええやん、ええこっちゃ。なんか目が輝いてきたで、拓真ちゃん！」

真由美はいつもの調子でからかった。

「実は俺、学校の先生したかったんやけど教職取りそびれてしまって、卒業してから後悔したけど遅かったわ」

「それ、いつもの拓真やで、ちょっとずつやることが遅いねん。何でもそうやけど、物事は先回りして考えんと。何でもやで！」

そう言ってから真由美は「この私のこともやでー」と心の中で叫んでいた。

拓真は食事の後、いつもそうするように難波の裏通りへと彼女を誘ったが、真由美は今日はお腹の調子が悪いと言って、二人は地下鉄の駅で別れた。

＊

その夜の歓迎会は、学校から程近い町の料理屋さんといった雰囲気の、気取らない店で開かれた。参加者は全部で五人、日本人スタッフだけのささやかなものだった。拓真はこの晩できる限りの傾聴を心掛けて臨んだが、初めは皆静かで勢い東村一人が話した。

「沢田先生は、この学校がまったくの初めてになりますので、皆さん、どうぞよろしくお願いします」

まずは東村が採用の責任者として、また学校の運営全般に関わる人物としての気遣いをみせてくれた。

それぞれが簡単な自己紹介をした後で、野口が口を開いた。

「沢田先生と同じで、私も土井先生もこの学校がスタートなんですよ。もう最初の頃は、何をしても失敗だらけでした。最初からうまくはいきませんん、お手伝いしますので」

そう言ってくれ、拓真には大いに有難かった。

養成スクールでは、生徒役に実際の外国人を用意したりして摸擬の授業を行うのだが、それはあくまでも摸擬で時間も短く、回数もまた限られたものだった。そのためスクールを終えたからと言って、何ができるのかは、そこはもう個々人のまさに〝あがき〟次第ということになる。

「吉田先生が唯一日本の学校で教えていた経験がおありなんですよ」と東村が言った。

「ええ、そうですね。私は中学で国語の教員を何年かやった後、しばらく間隔は空くんですが、民間の日本語学校で三年ほど教えました。ずっと非常勤でしたが」と吉田が言った。

職員室で紹介された時に感じた堂々とした態度がこの経歴からくるものなのだったのだ、と拓真には思えた。

「まぁ日本の中学生に国語を教えるのと外国人に教えるのとじゃ、随分内容は違ってきますがね……」

「吉田先生、正直なところ、どちらが難しいんですかね」と野口が訊いた。

「そりゃ、ベトナム人に日本語を教えるぐらい難しいことはありませんよ」と彼女が言ったので、一同は大笑いをした。

「土井先生、ところでオーストラリアの養成講座はどんな感じだったんですか」と吉田が尋ねた。

「そうですね、たぶん日本のスクールに比べたら、実習がかなり多かったんじゃないですかね。そんなふうに聞いています。おかげで結構鍛えられましたが、それでも実地でやるのとは随分と違います。初めの頃はもう失敗ばっかりで、かなりあせっていました」

「そうですね、それは私も同感です。やはり失敗から学んでいくんだと思いますね。もうそれしかないんじゃないですかね」

野口がさらりと総括した。

スローなスタートではあったが、徐々に授業のことや共通の生徒の話題になってくるにしたがって会は盛り上がったものになっていった。

拓真はこの日ほとんど聞き役に回っていたが、頭を空っぽにして人の話を共感を前提に聴くことが、こんなにも楽しく為になるものなのだと、今にして分かったような気がした。もっとも彼は改めて、この学校のほとんどが女性であることを思い、気の抜けない毎日を想像した。

「まぁ沢田先生、何でも楽しんでやっていってください。そのうちに分かると思いますが、何せ相手はベトナム人なんですよ。特に南部の人は成り行きまかせのところがありますからね。こっちが思うようには動いちゃくれません」

そう東村が言うと、また一同は頷いた。

「確かにそうですね。日本人と一緒にして考えると、しんどくなるだけですものね」と吉田が言った。そして「まあでも、できる生徒に合わせてやる授業って、誰にでもできるんですよ。難しいのはできない生徒をどれだけ拾っていけるか、ですかね」と言い足した。

「そうですね、沢田先生。私は今、特に南部の人のことを、一括りにして言いましたが、先生は決して始めから、そんなふうには考えないでくださいね。教室では一人ひとりの生徒と向き合ってください」

東村はそう言い添えた。

この夜、拓真の隣に座っていた土井が、何気に彼に尋ねた質問に「どうしてベトナムだったんですか?」というものがあった。常々訊かれるかもしれないと思い、それなりに用意していた答えをそのまま言えばよかったのだが、「それはたぶんこれから分かるような気がします」と随分知ったふうな口を利いたのが後になって悔やまれた。もっとも一方では、自分が発したその言葉をいつまでも覚えておきたいと、拓真は思った。

途中までは五人が一緒になって帰り道を歩いていたが、同じホテルに住んでいる吉田、土井両名と別れてからは、拓真一人が夜道に残される格好になった。思わずズボンの後ろポケットに財布があることを確かめ、右手でポンッと大きな音が出るくらいたたいて見せたが、その音はすぐに虚空に吸い込まれて消えた。たぶん少し怖気付いていたのだろう。夜道はあまりにしんとしていた。

真由美と話したいと思った。人の話を聞くばかりでほとんど話さなかったせいもあったが、何より心細くて誰かと話していたかった。部屋に帰ればＷｉ－Ｆｉが使えるのだが……と思っていると、後方からバイクの音がかすかに近づいてきて、それは急に大きなものになった。拓真は自分でも驚くほど素早く、その音の反対側に身を躍らせた。するとやがてバイクは何事もなかったように、そのエンジン音だけをかすかに残しながら去って行った。

時間は八時を過ぎていたが、角を曲がって少し広い通りに出ると、まだ開いている店がいくつも見えてきた。喫茶店らしきところや日用雑貨を扱う店などが、そんなに早くにはベッドに入れないとでもいうように灯りを点していた。

そしてやっとホテルの近くまで来た時、曲がり角に昼間見たバドワイザーの看板に、赤と緑の電飾が灯っているのを見付けた。まったくいい目印になると思いながらも、ふと寄って行こうかと考えた。早く帰って真由美と話したいという思いと、ひとりの部屋に帰るにはまだ少し早いだろうという気持ちが同時に働いた。

考えているうちに拓真は、階段の手すりに右手を置いていた。所々錆がきている急な階段を上り切ると、そこは下界とはまるで違った未知の世界だった。空気が澄んでいるように感じられ、そして何よりも明るかった。アルミ色の円形テーブルが十ばかり置かれていて、いくつかのグループからベトナム語や笑い声が聞こえた。

とりあえず彼は、自分の部屋が見える場所まで行って座ると、Budweiser と大きく書かれたボディコンを身にまとった女性が、笑みを浮かべて近づいてきた。

“Chào mừng. Bạn muốn gì?”

彼女はさかんに何か言っている。

拓真は「ＮＯ……」と言葉が分からないことを、身振りで伝えた。

「ＯＫ！」と言いながらも、彼女はまだ何かを話しかけてきた。彼女はたぶん、この世の中に自分が話す言葉が分からない人間などいるはずがない、と思っているに違いない。そこで「ビアー、ビアー」と拓真は、繰り返し言った。

彼女はメニューを差し出した。そこには何種類かのビールが写真付きで載っていたが、現地の銘柄に交じってなぜかサッポロビールがあったので、拓真はおもむろにそれを指さした。

「OK、サッポロ……」と言いながらも、まだ彼女は何か言っている。おそらく他に摘みは要らないのかと言っているのだと思い、もう一度メニューを見た。だが、あいにくとビール以外のものは写真がなかったので、ベトナムではポピュラーなエビの料理ならあるだろうと、英語で「シュリンプ、シュリンプ」と言った。

すると彼女はピチピチのミニワンピースをくの字に曲げ、エビが後ずさりする真似を面白そうに見せながら「OK?」と何度も訊いたので、拓真もまた「OK、OK」を繰り返した。エビがベトナムの特産品であることは知っていたが、まさか現地でそれをボディーランゲージで見せられるとは、これだけでも思い切って錆びついた階段を上ってきた甲斐があったというものだった。

彼女は終始笑顔で接してくれた。昼間見たスーパーの彼女たちとの大きなギャップを感じた。

久しぶりに飲むサッポロビールが、こんなにもコクがあって美味しい飲み物だとは思わなかった。中瓶で出てきたのだが、先ほどのレストラン同様ビールは冷えてはおらず、大量の氷をまずジョッキに入れ、そこへ温いビールを注いで飲むという、日本ではまるで考えられない飲み方が、ここではスタイルとして定着しているようだった。

ボディコン嬢は寄って来ては「ビアー、ビアー」と、お代わりをうながし、そのたびに彼女はありったけのスマイルを惜しげなく拓真に浴びせかけた。決して美人でもなくそう若くもない。いかにも東南アジアの女性といった顔立ちをしているのだが、拓真は思わず初めて言葉を交わしたベトナム人と、一緒に写真を撮りたいと思った。スマホを自撮りモードにして彼女に見せ「ピクチャー、ピクチャー」と言うと、「OK、OK」とそんなことは容易いことよと言わんばかりに、彼女はまたも笑顔で応えた。

初日の最後を締めくくるのにふさわしい、麗しい思い出ができた。拓真はこの写真にキャプションを付けて早速SNSに載せたいと思い、スマホのアイコンを見せると、「OK、OK」を何度も繰り返す彼女であった。もっともそれはアップされることなく、そのままスマホのフォルダの中で、いつまでも眠り続けることになったのだが、どちらにせよ彼女こそ、拓真に「ようこそ、ベトナムへ」と言葉ではなく、からだ全体を使って歓迎してくれた初めてのベトナム人であった。

拓真は夢の中の女性が誰なのか、判然としないまま目を覚ました。そしてここがベトナムのホーチミンであることを自らに言い聞かせるように、ベッドに上体を起こし窓の外を眺めた。それと今日が土曜日で、この週末が休みであることを確認した。時計は七時に近づこうとしていた。

大学を出て就職したのは大手レストランチェーンで、土日はまず休めなかった。夜は遅くまで手当のつかない残業の毎日だった。それでもまだ家から通っているうちはよかったが、三年目からは地方への転勤となり生活は自然と荒れていった。それがまさかベトナムまで来て、土曜日曜が続けて休みになる仕事に巡り合えるとは思ってもみなかった。

何の予定もない。今までなら迷わず十時頃まで寝ているところだったが、完全に目が覚めている。まるで旅行地で起きたような気分であった。もっともそれは、まだ一日も仕事をしていない彼にとっては同じようなものだった。この時点ではまだまだ旅先なのだ。

シャワーを使ってから、昨日買っておいたパンとオレンジジュースで朝ご飯を済ませると、スーツケースの物をこれはここ、これはあそこへと狭い部屋の各方面に、そのバランスと妥当性を考慮しながら適正に配置し終えると、もうやることがなくなった。するとなぜかベトナムへ来る直前までいた職場のことが思い出された。

毎朝凄まじい量の書籍が開店前後に到着すると、その全部をトランクの中身を部屋に置くのとは比べものにならない速さで適所に配置陳列し、その分だけ余剰になった先住者たちを平台から外したり、または棚から返品に回したりして、売り場を再構築するまで休みなく身体を動かし続けた。初めのうちは考えている時間ばかりが無駄に過ぎたが、そのうち慣れてくると、まるでＡＩ搭載ロボットのごとく頭と手が勝手に動いていた。

もうそれもやらなくていい。今はみんな済んだことなのだ。

拓真はホーチミン市内の地図を広げて見ているうちに、一区と呼ばれる観光スポットが集中しているところに行くことに決めた。いや、地図を出したのは、それがもう最初からの目的だったのかもしれない。実は昨夜の歓迎会で野口と土井が観光案内の役を買って出てくれたのだが、「まだ着いたばかりなので、観てまわるのはもう少し経ってから」と、返事を保留したのだった。

身支度してこの日初めて使う藍色のリュックに必要なものを詰め終え、さぁという時にスマホが鳴った。

電話は真由美からだったが、ここはベトナムなのにどうして……と妙な戸惑いを覚えた。昨日無事到着したことだけはメールで知らせておいたのだが、ビアガーデンから帰ると急に瞼が重たくなり、そのまま気が付くと朝になっていたのだ。

「グッドモーニン！　タクマ、アーユー　ファイン？　ちゃんとホテルに着いたんかー？」

「ごめん、ごめん。着いた、着いた。昨日は最後までバタバタで……」

「まぁ、無事に着いたんやったらそれでええんやけど。それで今ひとり？」

「もちろんひとりやで、当たり前やん。今ちょうど出掛けようって思てたとこ。外に出たら電話つながれへんかったからよかったわ」

「こっちはもう十時過ぎやけど、そっちはまだ八時ってこと？」

「そうやで、日本にいてたらまだ完全に寝てるとこやわ、休みの日やったらな」

真由美とは出発の前々日に二人だけの壮行会をしたのだが、なんとか一年間養成講座を続けられ、また難しい試験にも合格できたのは、彼女のおかげだった。試験という目標に向け、仕事中の休み時間にも一心に勉強しているところを側で見ていた彼女は、心からその成果を称えてくれた。

「へぇー、ものすごい元気やん。まぁ、日本におった最後らへんも、パワー半端なかったけど。ほんまに拓真は変わったわね」

「さあどうやろ、自分でもよう頑張ったとは思うけど……」

「ところで、こんな早よからどこ行くん？　ひとりで行くの？」

「市内の観光地巡りや、そらひとりやで。昨日の夜歓迎会してくれたんやけど、日本人の先生らでな。その時、あした市内の観光場所でも案内しましょうかって、二人の先生が言うてくれたんやけど、断ってしまってん」

「なんか拓真らしい話やね、ほんまは行きたかったんちゃうの？　どうせ女の先生やろ？」

「まぁそうやねんけど、また来週にでもお願いしますって言うたんやけど……」

「それは、もうお誘いないわ。私やったらもう絶対に絶対に誘えへんな」

真由美とは何の約束もないまま日本を発った。拓真は自分が彼女に甘えっぱなしできているという自覚はあったが、彼女の方でもそれを、そのままにしていたところがあったのかもしれない。

電話はいつも会って話す調子と変わりなかった。もっとも考えると大阪にいる時も、それほど電話で話したことがなかったように思う。無料で話せるアプリの音質は至極明瞭で、日本で話しているのと何の遜色もなかった。

拓真は今いる部屋のことや、昨日見た学校の様子と先生たちのことも真由美に話し、何とかやっていけそうだとその感想を伝えた。

「それじゃ、気い付けて行っといで。財布とか携帯も持っていかれんように用心するんやで」

「うん、分かってる。また連絡するわ。ありがとー」

「うん……また……」

拓真がいるタンビン区から観光スポットが集中する一区までは八キロほどの距離で、ほぼ一本道である。彼はまずコンホアという大きな通りに出て、東の方角へと歩き出した。昨日車から見た景色を、今日は自分の足を使ってすぐそこに見ている。行き交う人々やバイクの群れ、さまざまな色や形をした建物や店の数々、そしてそこに置かれているちょっと変わった品々など、つまり目に映るものすべてがあまりにも新鮮だった。

この国の人たちはほとんどバイクを使って移動するようで、歩道を歩く人は少なかった。それで目立つのか、時たまバイクに乗った男たちが近づいてきては、後ろに乗らないかと誘ってくる。そういう商売なのだろうが、相場も分からないし行先を伝えることもできない。第一どこへ連れて行かれるか分かったものではない。そのうち慣れてくるとそうした連中へも、団扇で蠅を追い払うように断りが上手になった。

拓真は小さなデジカメをジーンズのポケットに入れ、撮りたいものが見付かると間をあけず構図も考えないでシャッターを切った。街は撮りたいものだらけだった。カメラはもうポケットにはしまわず右手に持って歩いた。歩くだけでこんなにも気分が高揚している。そうして見るものすべてを、あたり構わず撮っていた。

道沿いには、とにかく何かしらの店があり、途切れることなく続いていた。そのほとんどは個人でやっているような商店で、時おり中にいる人と目が合ったが、彼ら彼女らはまずにこりともしなかった。まして「いらっしゃい」などとは言わない。それでも歩いているうちに、そんな一見すると無愛想な街の様子にも慣れてくる。逆にそれがある意味とても心地のよいものに、お互い余計な干渉はしない方が楽だとでもいった、半ば暗黙の了解ができているようにさえ思えてくる。

しばしば信号も横断歩道もないところで、大通りを横切る人を見かけた。その動きのあまりの速さと無駄のない動きに暫し目を奪われる。道幅はゆうに三〇メートルはあり、バイクの大群は決して途切れることがない。その中をまさしく縫うようにして進むのだ。長く止まったら負けだと言わんばかりに、歩を止めることをせず、涼しい顔をして……。

歩道には多くの露店があり、思い思いの商品を気が向けばお金を置いて持っていけといった調子で置かれている。そんな店の中には、マスクを売っているところも多く、何軒か見送っては来たが、大量のオートバイが吐き出す排煙のことも考え、一つ買おうと拓真は足を止めた。五十がらみの店の男は何も言わないで見ていたが、どれにしようか迷っているとやがてしびれを切らしたのか、やおら口を開いた。どうやら二つ買うとまけてやると言っているようだ。

拓真はごくおとなしいモノトーン柄と、それとは逆に色とりどりのアニメ柄の二つを選んで男に見せた。表示通りだと二枚で二百円ほどのところが百五十円ぐらいになった。さっそく地味な方のマスクをつけて彼を見ると、すぐ首を横に振ったので、アニメ柄の方に替えて見せるとそれがいいと頭を縦に下ろしてくれた。去り際に店全体が写るようにカメラを構えると男は、はにかんだ笑顔を作ってくれた。

そんなふうにしてゆっくりと二時間近くも歩いたところで、やっと昨日入ったスーパーが見えてきた。信号が青になったのを確かめ、長い道路を足早に渡り店内に入ると、昨日感じたあのカルチャーショックは、一晩ぐっすりと寝ただけで不思議と跡形もなく消え去っていた。レジの女の子たちは相変わらずだったが、この日はたわいのない、とても自然なしぐさに映った。

昨日暗く感じられた店の照明も、また程よいものに感じられた。入り口横には前日気が付かなかった両替コーナーや、またその奥にはちょっとしたフードコートもあり、拓真は少しばかり腰を下ろしたくなって端のテーブルの丸椅子に腰かけた。どこからか「沢田先生！」と東村の声が聞こえてくるようだった。

お昼にはまだ少し時間があったが、フードコートの店に掲げられたメニューの看板を見ているうち、自然に何を食べようかと考えていて、それはベトナム料理で唯一知っているフォーに決まった。店の前で立ち止まり、カウンターにあった何種類かのフォーの写真から、鶏肉が入った一つを選び注文した。目の前にいた店の女の子は愛想よく返事して調理にとりかかり、見ている間にその完成品をトレイに置き、最後にパクチーと思われる葉っぱをふんだんに載せてくれた。相手が好きかどうかも聞かないで……。

拓真は日本でも、フォーをまだ一度も食べたことがなかった。まずスープの味をみて麺を一口すすった。いつかどこかで食べたことがあるような味だが、それがいつどこでだったのか思い出せない。出汁は明らかにラーメンとは違い、日本のそばやうどんとも違ったが、どちらかと言えば和の方に近いようなその味には、深くやさしい旨味があった。食べられるかわからなかったパクチーも、スープに合わせると絶妙の添え物となった。

彼は程よい満腹感と、ひと仕事終えたような満足感のうちにスーパーを出た。

また少し歩くと大きな公園があって、それを越した辺りで道が怪しくなってきた。ロータリーで道路が六方向ぐらいに分かれていて、標識などを見ても進むべき道がどれなのかまるで見当がつかない。目についたバイクの修理店らしき店先で、地図を広げて道を尋ねたが、男はただ適当な方角を指すだけでまったく当てにならない。

拓真はもはやここまでと考え、思い切ってタクシーに乗ることにした。たまたま見付けたミモザ色をしたタクシーの運転手は実に頭のいい男で、一瞬地図を見ただけで昨晩のボディコン嬢のように「OK」と一言発すると、ものの五分ほどで彼を有名な統一会堂のゲートの前まで運んでくれた。

やれやれ初めからタクシーにしておけばよかったのにとも思ったが、この日のまるで〝はじめてのおつかい〟のような体験は、実際に自分の足で歩いて得られた貴重なものだと拓真は思い直した。

ベトナム滞在中、これ以降も彼は実によく歩いた。もっとも一区へはその後二十五円ほどの料金を払ってバスで行くことになった。そしてそのたびに目にすることになるサイゴン大教会や中央郵便局、そして日本料理店が建ち並ぶレ・タントン通り等々、この日初めて見たものの印象は、末永く剥がれ落ちることのない記憶として、拓真の身体に刻まれた。


「お休みはどうでしたか?」

月曜日、初めて出勤した拓真に野口が声をかけた。

「はい、おとといちょっと一区まで行ってきました」と拓真は正直に答えた。

「あらら、それでしたらあの二人がガイドしましたのに。でもよく一人で行けましたね、来てまだすぐなのに。まぁ驚いた……」

そう野口が本当にびっくりしたような顔をした。

拓真は回った場所などをかいつまんで説明した。野口はそれをうんうんと聞いてくれ、さらに美術館など彼女ご自慢のお勧めのスポットを教えてくれた。

「今週は沢田先生にはオリエンテーションということで、日本人先生の授業を中心に見学してもらいながら、企業に出向いての授業なども見てもらおうと思っています。それと健康診断も受けていただいて……そうですね、早ければ週末にでも、短い授業を手始めにやっていただこうかと考えています」

と野口は言ってから、それらが記された予定表を彼に手渡した。

日本語教師のデビューはその後、金曜日の昼からと決まった。授業と言っても学校に入ったばかりの生徒に「あいうえお」を発話させるというもので、先にベトナム人教師が読み書き発音を教えていて、いわば最後の仕上げとして、ネイティブの音を聞かせるといったもののようだった。五十音のほかに濁音や拗音などの音節もその対象となっていて、相手は日本での「技能実習」を目指す若者たちだった。

その金曜日、ほんの四十五分の授業なのだが、拓真は今、自分が人から先生として見られているということを、痛いほど強く意識していた。今回の生徒たちにとっては、彼が初めて見る日本人の先生、いや日本人そのものだったのかもしれない。

「あ」から始まって「ん」で終わる清音が基本なのだが、濁音と半濁音、そして拗音なども入れると、全部で百以上にもなる音の一つひとつを拓真が順番に言っていく。それを生徒たちが真似て発声する。そしてランダムに生徒を指名して発音してもらい、少しでも違うと彼が正しい音を聞かせてもう一度言ってもらう。何度やっても「つ」が「ちゅ」になってしまったり、彼らの発音はこちらが思うようにはいかない。それでも何とか言えると、またみんなで声を合わせての一斉コーラスを行い次へと進む。そんなふうにして四十五分は、あっという間に時間となった。

そしてこうした拓真の授業には、必ず先輩の日本人教師が参観した。この時同席した野口からは「フィードバック」と称する駄目出しが、授業終了後に用意されていた。

「先生、清音などはよかったんですが、『ちゃちゅちょ』などの拗音が全部変でしたね。生徒はちゃんと言えてたんですがね。アクセントが、ド、ミ、ドになっていましたね。本来は皆同じ音程なんですが……」

拓真は野口に言われて初めて、はたと気が付いた。

「すみません、自分でも全然気付いてなかったです。『ちゃ、ちゅ、ちょ』ですね。これから気を付けます」

大阪の人間は、どうしても言葉尻を下げて言う癖が染みついていて、こうしたところにも、それが何気に出てしまうのだ。その他にも野口の指摘はすべて的を射たもので、言われなければそのままスルーしていたことばかりだった。

「まぁ、でも全般に声も大きくて、よく通っていたと思います。もっともこれはその方に備わったものですからね。あ、それとあと一つ気付いていないでしょうけど、同じ生徒ばかりあてないようにしてくださいね。どうでしたか？　デビューの印象は？」

「そうですね、とにかく日頃から人前で話すということがなかったものですから、とても緊張しました。本当にあっという間でした」

「そうでしょうね、そうだと思います。私も自分の時のことを思い出しました。まぁ一歩ずつですね。また私だけでなく、しばらくは他の先生にも授業に入ってもらいますね」

「はい、分かりました」

そう言いながらも拓真は、現場というものの厳しさを知らされた思いだった。

「沢田先生には、当分この短い発声の授業に入ってもらおうと思っています。正規の授業はまた頃合いを見てからですが、今のうちにとりあえず『みんなの日本語』の一課から十課ぐらいまでの授業計画書、つまり教案を作っておいてください」と野口が言ってから、「正規の授業は百二十分ですので、準備が大変です。もっともベトナム人の先生が一課から一課の文法を四コマ、つまり四日かけて教えます。我々日本人教師はその最後に入って、主に会話の部分を担当しますので」と付け加えた。

その後しばらく四十五分の授業が続いた。

来てみて分かったことだが、この学校の生徒は、ほとんどが日本での技能実習を希望する若者で、企業の面接に合格するとさらに「送り出し機関」と呼ばれる全寮制の施設へと進んで行くようだった。つまり拓真が在籍する富士アカデミーはその予備校と言えた。もっともさまざまな理由で、日本語を勉強したいと通う者も一定数いたが、その多くは長くは続かないようだった。それだけ彼らにとって日本語は、想像していた以上に難しい言語だと言えるのかもしれない。

そしてしばらく過ぎたある日、野口から「沢田先生、あさって金曜日の一時間目に、第二課の授業をお願いできますか？」と声がかかった。

「二課ですか？　分かりました」

「今日の昼からはフォン先生の授業がありますし、明日は吉田先生が十時から、二課を教える予定になっていますので、よろしければ授業を見て参考にしてください」

拓真は礼を言うと、自分が作った「みんなの日本語　第二課　教案」のファイルを開けてみた。まだ拵えてさほど時間が経っていないその内容をさっと眺めて、いささか不安になった。できあがった時こそ満足を覚えたその教案が、とても二時間の授業に耐えられないもののように思えたのだ。しかしこちらから相談しない限り、誰も教案の中身まではチェックしてくれない。しっかり今日と明日、二人の授業を参考にしようと考えた。

拓真は、本業である日本語の先生以外のことは、一週間もするともう何年も前から、この町の住人であったような気になるぐらい、いろんなことに慣れてきていた。ちょうどいい大きさのスーパーが近くにあったし、足を少し伸ばせば、映画館やボーリング場も入った大きなショッピングモールがあり、日常必要なものは大抵近くで賄えた。また、どちらにもフードコートがあってよく晩ご飯などに利用し、そこでひととき息抜きができた。

そしてなによりこの国は、こちらが大人しく生活している限り安全だった。夜遅くまで店は開いていて、一人で歩いていても初日に感じたような怖さは感じなくなった。さぞ昭和の時代の日本がこんなふうではなかったかと想像するほど、そこには溢れ出る活気と、また同時に落ち着いた解放感が共存していた。

金曜日の朝、いつものように六時半にセットされた目覚ましで起き、いつもそうするように水だけのシャワーでさっと身体を洗い流し、そして冷蔵庫からオレンジジュースのパックを取り出してコップに注ぎ、小さくカットされたフランスパンに申し訳程度にバターをつけ、ふた口ほどで食べた。

すでに緊張しているのが、自分でもよく分かる。

スマホには真由美から短いメールが入っていて、それは昨晩遅く送られたものだった。

〈おはよう！　拓真。初授業、健闘を祈る！

失敗は成功のもとって言うから、いっぱい失敗しておいで！（笑）〉

真由美らしいメールだった。何よりその心遣いが嬉しかった。すぐにメールを返しても
まだ寝ているだろうが、今のこの気持ちを送っておきたかった。

〈おはよう！　真由美先輩。応援ありがとう。思いっきりあたってくるわ。

ベトナムのガキどもを一蹴してくる！〉

メールを送ってから、「ガキどもを一蹴」が自分でもおかしく感じられた。明らかに変
な精神状態に陥っているのだろうが、それでも少し気が楽になったようだった。

一時間目の授業は朝早く、八時ちょうどに始まる。拓真は学校に着いてタイムカードを
打ち、その七時二十分と刻時されたカードを戻し、あと三十分程もう一度導入部分のおさ
らいと、全体の時間配分のチェックをしようと考えた。教案は時間が余らないようにと、
二時間以上の内容を盛り込んでいた。自分の席のパソコンの電源を入れている間に、共用
で使っているインスタントコーヒーをいれた。職員室にはまだ誰もおらず、当分誰か来る
気配もない。もっとも一時間目から授業が入っているのは、ベトナム人教師も含め、全員
で十五名ほどいる先生の半分にも満たないのだが、彼女たちの出勤はほとんどいつもが駆

け込みだった。

やっと昨日の午後になって仕上がった、パワーポイントの教案をスクロールしていると、しばらくして「おはようございます」と野口が姿を現した。拓真が挨拶を返した後は、エアコンの乾いた音が部屋に響くだけとなった。

その後開始十分ほど前になって、六人のベトナム人教師が揃ったが、まだ親しく話せる相手もいない。拓真は教材や出席簿など一式を抱えて立ち上がり、「では、お願いします」と野口に向かって軽く頭を下げた。野口は「はい」と教科書のほかは薄く小さなノート一冊だけをひょいと掴んで立ち上がった。

五階建てのこの学校には教師用のエレベーターが一基あったが、拓真はそれを使わず三階の三〇三号教室まで階段を使って上がった。野口はいつものようにエレベーターに乗ったようだった。

教室に入ると、渡されていた十二名の生徒リストの内、半分の六人が席に着いていて、拓真を見ると「おはようございます」と口々に言った。これが今日から教えてくれる日本人の先生かと興味を示す眼もあれば、チラッと見ただけでまたすぐスマホに視線を戻す者もいた。すでに教室の一番後ろに席を構えていた野口だけが、じっと拓真の動きに焦点を合わせていた。

――あと五キロも体重が落ちたら少し違って見えるのに。それとあと三センチでも小さかったら……。

余裕などなかったはずなのに、拓真は野口を見てそんなことを考えていた。

パソコンのセットを済ませプロジェクターの調子も見て、教室の時計に目をやった。拓真の腕時計はスマホに合わせて秒針まで正確にしてあったが、教室の壁時計は少し遅れていた。

拓真は「皆さーん」と言ってから、「この時計は、少し遅れていますね」と目の前の生徒たちに第一球目のボールを投げかけた。生徒は八人になっていたが、皆キョトンとしている。拓真は思わず上目で野口をうかがったが、彼女は下を向いて何かメモをとっている。その瞬間彼は「遅れる」も、まして「～ている」もまだ全然習っていないレベルの生徒たちだったことに気が付いた。そしてもう何事もなかったようにパソコンのマウスに手を添えて、何かしら操作するふりをした。

その時、拓真から見て左端の一番前にいた女子生徒から「二分遅れていますね」と言う声がした。彼は思わずその生徒の顔を見た。まわりの生徒たちとは明らかに違っているその見た目に「ベトナム人？」とつい訊いてみたくなったが、「どうもありがとう」とだけ言って表情を緩めた。

やがてその遅れていた時計に合わせて、学校お決まりの始業の挨拶を交わし、ようやく授業が始まった。続いて出席をとっている時に後ろの扉が静かに開き、男子生徒が一人入ってきてしれっと席に着いた。まだ名前を呼んでいなかった生徒らしく、着席したその直後に彼の名前を言うと「ハイ！」と、とびきりの返事をしたので、クラスにどっと笑いが起きた。拓真は思わず「セーフ！」と手振りを交え発すると、彼は茶目っ気たっぷりに破顔したのでまた笑いが起きた。


途中十分の休憩をはさんで行った、初めての二時間授業に点数をつけるとしたら、五十点というところだった。「アクティビティー」と称する遊び感覚で行うクラス活動も、後半空回り気味だったし、自分でも語彙コントロールができていないことに度々気が付いた。つまり彼らがまだ習ってもいない単語を連発していたのだ。発音の矯正にも手を焼いた。何度こちらが聞かせて言い直しをさせても、彼らの発音はなかなか変わることはなかった。

そんな中一人、日本人と何ら変わらない発声をする生徒がいた。「二分……」の彼女で、名前をティエンと言った。彼女には思ってもいない質問を浴びせられた。

「先生、『これは本です』という時の『は』は、どうして『わ』じゃないんですか？」

拓真は、この子日本語が話せるんだと思ったのと同時に、その質問についてしばらく考えた。野口はじっと拓真を見ている。彼らが知っている言葉で説明するのは到底無理だと思ったが、それでも彼はこう話し始めた。

「主語って分かりますか？」

「はい、主語は分かります。ベトナム語でチュウニュです」

「その主語の次に来る時の『わ』を『は』と書くのが、日本語のルールになります」

もっともこれは現象に過ぎない。拓真は思い付きでそう答えたが、そのようになった経緯やその根拠などは、養成講座でも問題になったことがなかった箇所だった。それでもテイエンは「はい、分かりました」と言って、今のやりとりを翻訳してクラスのみんなに伝えた。彼女が話している間、拓真はあっけに取られ、ただその絵に描いたような横顔を茫然と眺めていた。

授業の後に彼を待ち受けていたのは、いつものフィードバックであった。今日はさすがに、すぐには終わらないだろうと覚悟はしていたが、野口にも容赦の二文字はなかった。拓真が自分で気付いていることも数多くあったが、言われて初めて気付かされた細かい部分は、有難い指摘と受け取らなければならなかった。真由美が言っていたように、人は失敗からしか学べない動物なのだ。

野口が「じゃ、今日はこれぐらいで」と言ってくれた時は、もう拓真はすぐにでもその場から消えてなくなってしまいたかったが、「ところで、あのティエンという生徒ですが……」と話を切り出していた。

「ええ、あのティエンさんね、しっかりしているでしょう? 彼女、お母さんが日本人なんですって。だから言葉はもうペラペラみたいですね」

いとも簡単に野口はそう言った。

「じゃ、なんで……」と言いかけた拓真の後を野口が引き取った。

「そうなんですよ、なんでまた……なんですがね、彼女この学校に入って最初はそんな素振りを見せなかったんですよ、まったくね」

「日本語が話せるっていう?」

「そうです。でもさすがに分かるでしょう? ちょっとした会話でも」

「それはそうですね、文章じゃなくても単語一つの発音で分かりますよね」

「ええ。それであるベトナム人先生がどうして日本語がそれだけ喋れるのに、この学校に来たのかって訊いたんです」

「どうしてなんですか？」

「それが、日本語の先生になりたいんですって……。あとは技能実習生として日本へ行きたいっていう目的もあるんでしょうけどね」

ベトナム人と日本人とのハーフ、日本語の先生、技能実習生、それらは繋がっているように見えて、またまったく別個のピースだった。

「日本で日本語の先生をしたいんでしょうかね。それでその教え方を一から勉強したいっていうことなんでしょう」と、野口が言った。

「でも日本で外国人に日本語を教えるには、資格が要りますよね」

彼女は、それは百も承知という表情を作り、「日本語学校とかであればね。でもボランティアで教えるなら特に資格は必要ないでしょう？」と拓真に問いかけた。

「でも、どうやって日本で……」と彼は言いかけたが、野口はそれをさえぎるように言った。

「まだそういった先のことは聞いていないんです。もっともそれ以上のことは、我々がどうしても知らなければいけないことでもないですしね」

拓真はその後も吉田、土井の両名に授業を見てもらい、フィードバックを受けた。そのたび野口とはまた違った視点からのアドバイスをもらえたのだが、そんなある日、吉田から興味深い余談を聞くことがあった。

「沢田先生、今は大変でしょうがここはまだいいんですよ。日本の民間のいわゆる日本語学校なんて、もう本当に大変なんですから」

拓真もその辺りの事情は、SNSを通して少しばかり知ってはいたが、それは誰かから聞いたという信頼すべきものではなかった。

「ここでは一人ひとりの先生に学校からパソコンが与えられて、授業はプロジェクターも使ってできるでしょう？　でも日本じゃまだホワイトボードに手書きだし、生徒の数だってここみたいに少人数じゃないんですよ」

拓真は「そうなんですか」と耳を傾けた。

「まぁ、そこまではいいんですが、教案作りだけじゃなく宿題だって、その課に合わせて一から全部自分で作らなければならないんですよ。しかも非常勤講師はそれをみんな学校じゃなく、何時間もかけて自宅でやってくるんです。中級レベルになると、それだけで半日はかかりますからね。授業が終わったら終わったで、授業中にやったテストのチェックやら授業日誌の記載など、時給にならない仕事や雑用が山ほど待っているんです。私なんてこう見えても実を言えば負け組。逃げ出してきちゃったんですよ」

吉田は一気に喋り、長いため息をついた。

彼女が今まで自分のことを、こんなにも話したのは初めてのことだったので、拓真は人は見かけだけでは分からないものだと、つい彼女を身近に感じた。そしてそんな日本事情を今少し聞いた後で、やはり彼女に聞いてみたいことが彼の頭に浮かんだ。

「ところで吉田先生も、ティエンという生徒をご存じですか?」

「ティエンさんね、はいはい、入って来た頃から知っていますよ、彼女は……」

「野口先生にも聞いたんですが、日本とベトナムのハーフで、将来は日本語を教えたいとか……」

「そうみたいですね。まだ高校を出たばかりの年みたいだから、いろんなことを夢のように考えているのかもしれませんけどね、でも芯のしっかりした、気配りもできるいい子ですね」

「先生は彼女から、授業中に何か質問とかされたことってありますか？」

「あります、あります。それはもうこの学校じゃ、今や大変な事件になっていますからね。ベトナム人の先生なんてまさに戦々恐々なんですよ。そりゃ生徒の方が先生より全然上なんですからね、教えるはずの日本語のレベルが」

吉田はふだんあまり見ることのなかった、おどけた表情を作ってみせた。

「要は彼女、日本語を習いに来ているんじゃなくて、その教え方を勉強しに、ここまで足を運んでいるってことになるんですよ」と彼女はきっぱり言った。

「じゃまだ今の基礎的な課のうちはいいですけど、課がどんどん進むにつれ、いろいろ大変なことになってくるんでしょうね。動詞のグループ分けや、その語尾変化のところに来ると……」

「確かにそうでしょうね、我々だって彼女の質問にどれだけ的確に答えられるのか、先のことは分からないですものね。でも彼女の目的は決して先生を困らせることじゃないのは確かなんですよ。まぁ実際のところ随分と困ってはいますけど……」

そう言って、彼女はまたひとしきり笑った。

夏

mùa hè

日本語の教師として、やっとひとり歩きができ始めたのかなと、自分でも感じていた五月の末、学校の受付をしているトゥイという女性の結婚式の話があり、なぜか拓真も参列者の一人として選ばれていた。本人から片言の日本語で「よろしくおねがいします」と招待状を手渡されたのだが、あとで吉田に尋ねると、学校のほぼ全員が出席するとのことだった。その規模の大きさには驚かされたが、ベトナムの結婚式をこの目で見られるという、ごく単純な興味が湧いてきた。

結婚式は六月の第二土曜日で、場所はホーチミン市から車で二時間ほど南へ下った田舎町で行われるらしく、その日はマイクロバスが用意され、参加者全員がそれに乗って行く算段がついているようだった。

式当日はいい天気で、いつもがそうであるように朝から暑かった。一応は何かの時のためにと持ってきていた、濃紺の麻のジャケットに手を通し、祝儀も用意して集合場所の学校前へと向かった。いつもなら待ち合わせの時間など、ほとんど頓着しない人たちだったが、この日ばかりは時間前から大勢集まっていて、その多くはすでにバスへと乗り込んでいた。

拓真は、まだまだ親しく話せる先生も誰といっておらず、バスに揺られている時間が思いやられていた。いざバスに乗ると前の方は日本人の先生たちが席を確保して、すでに楽しそうにお喋りに興じていたが、目を奥の方に移すと、いつも職員室で拓真の真後ろに座っているベトナム人男性教師のハイがいて、その隣が空いているようだった。

ハイはそんな拓真を目ざとく見付けて、「どうぞどうぞ、ここは空いていますよ」と手招きをしてくれた。まずこの場では絶好の相手に声をかけてもらって、彼は内心ほっとした。日本人の先生は、リハーサルでもしてきたかのようにペアになって着座しているし、日本語が話せない学校職員の横だと、ただただ時間が長く感じられるだけだと、いささか心配していたところにまさに救いの手であった。

拓真が「ありがとうございます」と言って、彼の横の通路側の席まで進んで座ろうとすると、ハイは「先生はこっちがいいかなー」と言って、座っていた窓側の席を譲ってくれた。

背が一八〇センチほどもある細身のハイは、ふだんは無口でちょっと変わった男というのが、この二か月ほどの印象だった。奥さんの実家に同居していて、小さな子供が一人いるようだったが、学校が終わると誰と雑談するでもなく、いつも飛ぶように帰っていく彼の姿を見て、日本人の先生たちは「ほんとにハイ先生は、マスオさんなんだから」と揶揄していた。

拓真もハイとはまだ一度も、親しく話をしたことがなかったが、この日の彼は完全にオフの顔になっていた。もっとも拓真自身も、おそらくそうであったに違いないのだが。

「先生はね、あのう……」とハイが話の口火を切った。

「まだまだだから、大変ですね。でも頑張ってくださいね。そうだ、今度先生の授業を見学してもいいですか?」

拓真は彼の唐突な申し出に、やや驚きはしたが「はい、別にいいですよ。いつでも見てください」と、それしか選択肢のない返事をした。

「ああ、よかった。楽しみね」

ハイは、これがいつも後ろに座っている、もの言わぬ男かと疑うほどのニコニコ顔をしている。

「じゃ私も、ハイ先生の授業を拝見させてもらってもいいですか?」

「もちろん、もちろん、それは拝見してもいいよ」

ハイはとても嬉しそうにもう一度拓真の顔を見た。

世の中に縁というものがあるとすれば、この日はトゥイの結婚だけではなく、拓真とハイとの仲をも取り持つものとなった。いや、彼だけではなくもう一人いたのだが……。


道中二人は、ごく基本的な個人情報とでも言うべき事柄を交換し合い、SNSにもお互いを友達として登録した。ハイの話す日本語は流暢とはとても言えるものではなかったが、そこは先生だけあって普通に会話する分には特別な苦労はなかった。それでも拓真としては、相手がこちらの言っていることを、ちゃんと理解しているかどうか、その都度確かめながら話す必要はあった。

ハイは田舎から出て来て、ホーチミン市内にある大学の日本語学科に入り、四年間在籍して卒業した後は、日本へ渡る技能実習生を育成する「送り出し機関」で教え、今の富士アカデミーには昨年の暮れに移ってきたばかりということだった。つまり丸十年ほど日本語と付き合っていたことになる。現在二十八歳、拓真より一つ下の生まれだった。

「沢田先生は、どれぐらいこの学校にいますか?」とハイがいきなりの質問をした。

「そうですね、とりあえずは一年。それ以上のことは今はまだ分かりませんが……」

「そうですか。まだ独身だったらどんな国へ行くのも楽しいし、自由でいいですね。それでベトナムはどうですか?」

「ええ、こんなに安全な国だとは思いませんでしたね。楽しくやっていますよ。ハイ先生もまだ若いから、いろいろチャレンジできるでしょう?」

「そう、チャレンジか……そうね。でも子供ができちゃったからね、大変ですよ。やっぱり独身はよかったかなー」

彼は本音とも取れる言葉を漏らした。

「私はね、本当は日本へ行きたいんです。先生、またその話も聞いてくださいね」

「はい、いいですよ」

道はだんだんと怪しくなってきて、一時間も走るとかなり舗装がくたびれているでこぼこ道になった。くぼみに車輪を取られるたびに皆は話をさえぎって、呼吸を整えなければならなかった。そしてそのうち自然と車内は静かになってきたが、それでも二人は話し続けていた。

式と披露宴の会場は、田舎の大きな民家の空きスペースを利用したものらしく、いわゆる結婚式場のようなものではなかった。赤や金色をふんだんに使ったアーチ状のゲートをくぐると、いくつものテントが有機的につながった広い空間を作っていて、ずらり置かれた丸テーブルとパイプ椅子が訪れる客を待っていた。学校から来た連中はかたまって座る者もおれば、はずれたところにぽつんと座す者もいて、こうした際には一切統制を敷かないことが、いわば慣例になっているようでもあった。

バスを降りてからのハイは、知り合いにつかまって話し込んでしまい、なかなか動かない。拓真は仕方なくおずおずと進み、半分ぐらいは埋まっている席の中で、またも自分の座るべき席を物色していると、離れたところから「せんせーい！」と呼ぶ声がして、見るとアン先生が手招きをしてくれていた。彼女もやはりベトナム人の先生で、すでに授業では同じクラスで一度コンビを組んでいた。

拓真はよく声のかかる日だと思いながらも、呼ばれるままにアン先生のテーブルまで行くと「カモーン」とベトナム語で、ありがとうを言った。アンは「沢田先生はもうベトナム人ですネ」と笑ったので、「ほんとうに、これだけです」と笑い返した。テーブルには他にリン先生と事務のスエンさんがいた。

「沢田先生は、バスは一人でしたか？」とリンが訊いた。

「いいえ、ちょうどハイ先生の隣が空いていました。ずっと二人で話していました。でもハイ先生は、今ちょっと友達と話しています」

「じゃ先生、今度は私たちと話しましょうね」とリンが言ってくれたので、拓真は頷いてから空いていたアンの横に座った。

「それにしてもすごい人ですね。いつもこんなに盛大にやるんですか？　ベトナムの結婚式は」

「そうです、とても盛大で華やかですね。これをだいたい二回やりますよ。今日は奥さんの方のパーティーです」とアンが教えてくれた。

テーブルにはすでに飲み物が用意されていて、アンが「先生は、ビールが飲めますか？」と訊いてくれたので「はい、もう大人ですから」と答えると、彼女は「私は大人ですが、まだ飲めません」と言いながら、氷をグラスに入れビールを注いでくれた。リン先生は日本語が分からないスエンさんと話しているので、拓真は今日の朝から感じていた解放感と、一杯飲んだ勢いも手伝ってか、ふいに思い付いたことをアンに尋ねてみた。

「アン先生は結婚の予定は、どうなんですか?」

「そうですね、まだ予定はありませんが、結婚する人はいますよ」

彼女は臆することなくそう答えた。

「沢田先生は、まだ独身ですね。恋人はどこにいますか?」

ベトナムでは、〝恋人〟という日本語を生徒たちもよく知っていて、それは言葉を勉強し始めたばかりの者でさえ、すぐに覚える単語の一つになっていた。

「ベトナムにはいませんね……」

そう言うと、自然と拓真には真由美の顔が浮かんだが、アンはまたおかしそうに笑って言った。

「先生はハンサムだから、きっといると思いますよ。どこに隠していますか? ベトナムへ呼んだらどうですか?」

アンも飲めないと言っていたビールを、コップに四分の一ほど飲んだせいか、顔が少し赤くなっていた。拓真も含め今日はみんなが、いつもの学校の教師の顔から別な人のものへと変わっていた。ここはいつもの職員室ではなく、ホーチミンから遠く離れたところにある、のんびりとした田舎のパーティー会場だったのだ。

そのうち、話はもうアンと二人だけのものになっていた。リンとスエンは先ほどから向こう側の席と盛り上がっていて、拓真も次第にいつもの自分をどこかに置き忘れたようになっていた。

「アン先生、明日の日曜日よかったら一区の方へ行ってみませんか？　日本料理でも食べに」

拓真は、ふいに湧いて出てきたことをそのまま言葉にしていた。

アンは、それまでの表情からにわかに思案顔となり、何を思い付いたのか、急に隣の二人と何事かベトナム語で、しかも早口で話し始めた。

それでしばらく経って出た答えが、「じゃ先生、四人で行きましょう」だった。リンもスエンも、作り笑いだか何だかよく分からない笑みを浮かべている。

「先生、行きましょう！　日本料理は美味しいですからね」

リンはその気満々な意思を示した。拓真はこの修正案と言うか成り行きを甘んじて受け入れた。もうそうするしかなかったのだ。いったいアンは彼女たちに何を伝えたのだろうと、結論が出てしばらく経っても、彼はさまざまに思いを巡らせていた。

パーティーはこれといった式次第もなく、またいつ終わるともなく続いた。両手にビンを持って席を移動しながら、誰彼なしにビールを注いでまわる者もいて、まったくこの見事なまでに自由な光景は、見ていて飽きることがなかった。

途中やっと新郎新婦が、日本で見るのと変わらないウェディングドレスとタキシードという装いで挨拶に回ってきた時がこの日のクライマックスで、一同は口々にはやし立てながら盛り上がり、にわかにスマホでの撮影会となった。そしてそれは各テーブルへと、次々大きなうねりとなり伝播していった。

ふだん学校では姉御肌のトゥイではあったが、この日ばかりはさぞ新妻として、しおらしい姿を見せてくれるものと思い込んでいた拓真の想像は、一瞬にして覆された。化粧で随分と見違える姿にはなっていたが、中身はいつものトゥイそのもので、終始大きな声で来賓みんなと喋り合っていた。

そうこうしているうちに、席などもてんでばらばらになり、要領を得ない披露宴はその第一部が終了したようで、遠来のホーチミン組はこれで撤収となった。

帰りのバスも、またハイと一緒に座った。

「先生は、お酒が強いですね」

「えっ、どこで見てたの？」

「それは、みんな知っているよ、それは簡単ね」

ハイがさも面白そうに笑った。そして「明日はアン先生たちとデートかな？」とハイが言った時には、さすがに拓真も慌てた。

「なんで知ってるの？　何かみんなで行くことになったんだけどね。そう言えば、アン先生は恋人がいるんだってね……」

拓真は、もうしどろもどろになっていた。

「そうだよ、婚約者かな、日本語は」

帰路の途中から、バスは次第に静かになっていった。舗装された幹線道路に出てからは、拓真もハイとのお喋りをお休みして、背もたれに身体を預けて目を閉じた。帰りのバスは行きよりも随分早く学校前に到着した。もっともそんなふうに感じただけだろうけど……。

その夜の十時頃、ベッドに横たわって日本から持ってきた文庫本を読んでいると、アン先生からメールが入った。

〈あした、リンさんもスエンさんも、急に行けなくなりました。先生、どうしましょう?〉

拓真は、ここはもう行くしかないとすぐに返事を送った。

〈じゃ、二人で行きましょう!〉

それからメールは何往復かして、話はなんとか決行の方向で落ち着いた。アンのバイクで行くことになり、待ち合わせ場所も今日と同じ学校前ということで、長い一日は終わった。

待ち合わせは十時半だった。昨日のにぎやかさが嘘のように、学校周辺には穏やかな時間が流れていた。拓真は朝になって、自分用のヘルメットをまだ買っていなかったことを、今更のように悔やんでいた。

やがて閑静な日曜日の住宅地に、一台のバイクの音がかすかに届いた。角から姿を見せたのは、アンが運転するサクラ色のオートバイだった。

「おはようございます」と拓真が声をかけた。

アンは一度ヘルメットを取って微笑んだ。

「おはようございます。先生、待ちましたか?」

「いいえ、全然。私の住んでいるホテルはすぐそこなんですよ。さっき来たところです」

「よかった。私はちょっと急ぎましたよ」

アンは少し息を弾ませているように見えた。

「アン先生、ところで私はヘルメットがないんです。一つありますか?」

「ええ、一つは大丈夫ですよ。二つはちょっと困るけど……」

アンはそう言って笑いながら、シートから真っ赤なヘルメットを取り出してから「先生にとっても似合うと思いますよ」と言ってまた笑った。

「忘れなかったら、今日、自分用のを一つ買いたいです」

「分かりました。私がいいヘルメットを選んであげますね」

ベトナムのオートバイは、日本の原付バイクに比べると少し大きく、排気量としては100cc以上あり、二人乗りはごく当たり前だった。

二人が目指したのは一区にあるレ・タントン通りという、それなりの規模を持つジャパニーズタウンだった。アンに尋ねると、まだ一度も行ったことがないと言うので、それではと日本料理店が軒を連ねるそのポイントを最初の目的地としてバイクは学校前を後にした。

それまでセオムと呼ばれるバイクタクシーを時に応じて利用し、バイクの後部座席に乗ることにも慣れてはいたが、女性が運転するバイクに相乗りさせてもらうのは、これが初めてだったので最初はさすがに緊張したが、走って数分もしないうちに風が心地よく感じられるようになっていた。

「アン先生は、運転が上手ですね」

「そうですか？　ベトナム人はみんな上手ですよ、でもたぶんですけど……」

――楽しい一日だ。久しぶりにたっぷり日本語を話す。二日も続けて……。

もっとも相手が日本語の先生だと言っても、ゆっくり、はっきり、できるだけ分かりやすい語句を選びながら拓真は話した。それは昨日のハイと同じだった。ハイはかなり癖のある外国人特有の話し方をしたが、アンにはこれと言った話し癖もなく、発音も明瞭だった。そしてなにより彼女は、その顔に似たかわいい声の持ち主だった。

「アン先生、今日は恋人に言ってきましたか？　私とデートすること」

拓真はちょっといたずらっぽい、でも気になっていたことを訊いてみた。

「はい、いや、いいえ、言いませんよ。それは、やっぱり心配するでしょう？　先生のことは、今まで話したことがないし、それに彼は気が小さいですから」

「へぇー、気が小さいんですか？」とオウム返しに言ってから、拓真にはその答えが微笑ましいものに思えた。

「先生は、彼女に言いましたか？」

「いいえ、私の彼女も気が小さいですから」と言って、二人はしばらく笑いながら走った。

アンは背が一六〇センチほどで、色が白く均整の取れた体型をしていた。おそらく日本の町を歩いていたとしても、それが東南アジアの国から来た娘だとは誰も気付かないだろう、和の雰囲気といったものも併せ持っていた。出身は中部寄りにあるファンティエットという中核都市で、父親は地元警察の署長をしているということだった。歳はたぶん大学を出て、まだ二年か三年というところに違いなかった。

三十分ほど走ると無事レ・タントン通りに着いた。アンに何が食べたいのかと尋ねると、予想していた「てんぷら」や「寿司」などのオーダーは出ず、ひたすら何でもいいということだったので、歩きながら見付けた店構えがしゃれた一軒に入ることにした。そこはベトナムによくある、おかずを自分の好きな分選ぶスタイルの店で、焼き魚やだし巻き卵などいろんな総菜が揃っていた。アンは知らない料理を見付けては「これは何ですか?」を連発した。二人はそれぞれが好きなものを取り、分け合って食べた。

食べながら話していて、お互いがお互いを〝先生〟と呼ぶのがおかしくなって、そのことをアンに言った。

「それは私も思いました。学校でベトナム人の先生を呼ぶ時は、名前をそのまま言いますからね。でもそうですね、日本人はよく『ちゃん』を付けて呼びますね。私を呼ぶ時に言ってみてください」

「アンちゃん……ですか?」

「はい、それがいいです。私はまだ誰にも言われたことがありませんでした。日本人になったみたいです」

「じゃアンちゃん、ご飯を食べたらどこへ行きましょうか?」

実際のところ拓真は、ご飯を食べるところまでしか今日のデートプランを考えていなかったのだ。アンは残っていた味噌汁のひと口を飲んでから、お茶を少し口に含んで言った。

「動物園はどうですか？」

「動物園ですか、このホーチミンにあるんですか？」

彼は、まったく思ってもいなかった場所の提示に、思わず訊き直した。

「はい、ありますよ。ここからだとバイクで五分ですね。たぶん外国の人はあまり行かないと思いますけど」


店を出てからサイゴン動植物園までは五分とかからなかった。いかにも社会主義の国の施設らしく派手な看板の類はなく、全体が高い柵で仕切られていた。日本円で二百五十円ほどの入場料を払い中に入ると、果たしてそこは緑が遠く広がるアジア最古の動物園だった。

一通りの種類の動物たちが、そこで暮らしているようだった。まさにひっそり暮らしているその様子を、ちょっと外から眺めさせてもらっているような造りなのだ。今流行りの凝った展示や仕掛けは一切なかったが、それが却って自然に感じられた。同じ地平を動物と人間が等しく共有しているような、不思議な連帯感がそこにはあった。

日曜日だというのに人はまばらで、動物たちもメリハリの大きく欠けたこの国の季節の中で、生きゆく目的を探しあぐねているようにも見えた。それはこの町でよく見かける家の前で椅子に身を預け、まんじりともせずにいる老人の姿と重なった。そしてそれでも、いやそれだからこそ、何事も起こらず幸せだとでも言うように、彼らは時おり大きなあくびをするのだった。

動物を見ながら二人は、思い付くままいろんなことを話した。

「ところで先生は、どうして日本語の先生になろうと思ったんですか？」

「そうですね、それは話すとちょっと長くなるんですけど、きっと教えることが好きだったんですね。人にいろんなことをね。あとはもうノリみたいなものですかね」

「ノリはお寿司の時に使う、黒いのですか？」

拓真は吹き出しながら「それじゃ漫才みたいですね」と言ってから、「ノリは、気持ちが乗るっていう言い方があって、なんて言うのかな、よし、じゃやってみようって思うことかな。タイミングがちょうど合って……」と拓真が言った。

「はい、だいたい分かりました。それは縁みたいなものですか？」

「そうですね、ちょっと違うかもしれませんが、その縁の方がいいんでしょうね。縁があって私は先生になったんですかね。でもそんな言葉をよく知っていますね？」

「そうでしょう、私は日本語の先生ですからね」

「じゃ、どうして先生は、いやアンちゃんは日本語教師を？」とお返しに訊いてみた。

「私はね、小さい頃から日本のアニメが大好きだったし、『ドラえもん』とかね。でもやっぱり日本が好きだったんですね。そしていつか必ず行ってみたいです、日本へ……」

「日本へ行くのはそんなに難しくないでしょう？」

「いいえ、そんなに簡単じゃありませんよ。でも私、本当は留学したいんです。一年ぐらいでいいんですけど。それは結婚する前にです」

「それでは是非、いつか日本へ来てください。大阪にもね」

「沢田先生は、どうしてベトナムに来たんですか？」

拓真はいろんな国へ応募書類を送ったことは言わず「それも縁ですよ」と言って笑った。

動物園では、これといったことが何も起こらないという、ごく幸せな時間が流れていた。でもその満ち足りた情景は、突然の雷鳴と共に落ちてきた矢のような雨によって、またたく間に過去のものとなった。突然のスコールに見舞われて人々は、広場にある大きなイベント用の舞台を目指して駆け出した。見ていた二人もそれに続いた。屋根のついた舞台にはざっと百人ほどの人が集まっていた。傘を差して歩いている者など誰もいなかった。

「こちらの人は傘を持たないんですね、こんなに雨がよく降るのに……」

「雨が降ったらどこかで雨宿りをしますよ。でもバイクにはいつも雨がっぱですか、あれがしまってありますよ。でも少しぐらいだったら皆さんは、歌をうたって歩いていますね」

空全体は鈍色に覆われていた。どこか遠くにでもこの雨雲を引き受け入れてくれそうな間隙はないかと探したが、そんな光明はどこにも見出せなかった。人々は一向に慌てる様子もなく、お菓子か何かで口をモグモグさせながら、この成り行きに身を任せているようだった。

「先生はもう学校に慣れましたか？　それとベトナムの生活にも」とアンが言った。

「そうですね、ベトナムにはもう慣れましたよ。二か月経ちましたが、もうずっと前から暮らしているような気がします。でもこの暑さがこのままずっと続くのかと思うと……。いや先のことはあまり考えないようにしますね」

「じゃあ、学校はどうですか？　先生は生徒にとても人気があるみたいですよ」

「そうですね、授業が終わるたびに今日は勝ったとかこの授業は負けだとか、そんなことばかり思っています。授業って同じところをやっても、毎回違っているでしょう？　もう生き物みたいに違った顔を見せるでしょう？　僕は自分がもっと先生に向いていると思っていたんですが、最近はもうほかの先生が偉く見えて仕方ありません」

アンは、その気持ちはよく分かると言った。

「私なんか、初めの頃よく泣きながら家へ帰ったことがありますよ」

「悔しくてですか？」

「そうですね、それかもしれません。それとどうしてこんなに自分ができないんだろう、生徒が分かってくれないんだろうっていう……情けないの方かな」

「実は私もこの間、夜の授業だったんですが、生徒がたった一人だけっていう日がありました。何度か教えているクラスで、名簿では一応十人ぐらいいるんですよ。あれは辛かったですね、情けなかったです。人気なんてないですよ」

「でもよく生徒と遊びに行ったり、食べに行ったりしているでしょう？　先生は」

「まぁ、誘われると暇ですからね。そうですね、それはでも嬉しいことかな。だからいろんなことを足して引いたら、答えはいつもゼロになるみたいですね」

「そのゼロは、とてもいいゼロかもしれませんね」とアンは微笑んだ。

雨は申し合わせたように三十分ほどであがって、また元の穏やかなホーチミンに戻った。それでもこの町の空は日本で見られるような真っ青な色にはならず、そこにはいつも幾らかのグレーが混じり込んでいた。それが排気ガスのせいなのか、それともこの地方特有のものなのか、たぶん誰に聞いてもさぁーと首をひねるのかもしれない。それならば昔のことを知っている老人に訊けばよいのだろうが、彼らにしてもそんな昔のことは忘れたと、きっとそう言うに違いなかった。

「先生、喫茶店へ行きましょう！」

アンは雨があがるのを待っていたかのようにそう言って、拓真の顔を見た。

「喫茶店ですか？」

「そうです、とてもいいところがありますよ」

彼女は彼女なりに、今日この日の行程を考えてくれていたのかもしれない。それをさも今思い付いたように提案してくれたのだろうか。でもおそらくは、成り行きからの思い付きだったのかもしれない。

アン先生お勧めの喫茶店は、拓真が今まで一度も足を踏み入れたことがなかった、二区と呼ばれるエリアの、それぞれが広々とした敷地を持ち合った住宅地の中にあった。イングリッシュガーデン風のよく手の入ったエントランスを抜けて店の中に入ると、そこには町のあちこちで見かけるものとはまったく異質な、ヨーロッパを彷彿とさせる空間が用意されていた。上質な木製のテーブルや椅子は、ゆったりと配置されていて、天井はあくまでも高く、調度品の色合いも落ち着いた色目で統一されていた。入った瞬間、自分がなにかとても高貴な人間に生まれ変わったような、そんな気分にさせてくれる場所だった。

「アンちゃんは、いいところを知っていますね」

「私は日本料理のお店は詳しくないですが、いい喫茶店ならいくらでも知っていますよ」

そう言ってアンは微笑んだ。

「ここはよく来るんですか?」

「そうですね、時々です。夜はライトアップかな、それがされていて外から見るのもきれいですよ」

拓真はふと、アンの彼とはどんな男性なのだろうと思った。思い切って尋ねてみると小学校の同級生だと彼女は答えた。小学生の頃はあまり好きではない部類の男子だったが、お互いがホーチミンに出て来て、それから付き合いが始まったらしい。今はまだ大学院に残ってロボットの研究をしているので、結婚はもう少し先になるだろうとアンは教えてくれた。あまり好きでもなかった男の子が、どうして結婚相手になったのかを訊くと、アンは「彼が、とてもやさしい人だと分かったから」と照れもなくそう答えた。まさにこの日一番の「ごちそうさま」だった。

お決まりのベトナムコーヒーにチーズケーキを注文した。拓真がいつも喫茶店で飲むのは最もポピュラーなメニューの、練乳がたっぷりと入った濃い味わいのアイスコーヒーなのだが、アンがオーダーしたのはアイスではなくホットコーヒーだった。その慣れた注文の様子から、彼女が大学時代からのこの町の住人であることが伺い知れた。

ホットコーヒーの淹れ方は、コーヒーカップの上にドリッパーを置くやり方で、お湯を注いでから最初の一滴が落ちカップを満たすまで、その日の日記が書けるぐらいの時間がかかった。この店はそれを客のテーブルで行う。

「アンちゃん、これはなかなか飲めませんね」

「ベトナムでは、有名な言葉がありますよ」とアンが言った。

「それはことわざですか?」

「はい、『待つは幸せ』と言います」

「『待つは幸せ』ですか。何だかベトナムらしいですね」

「そうですか、ここはベトナムですからね」と彼女はにっこりと笑顔を返した。

拓真はもう一度、なんてベトナムらしい大陸的な言葉なんだろうと思った。


日が暮れる前に、アンのバイクで出発地点の学校の前まで送ってもらい、彼女と別れてから、いつも行くスーパーのイートインコーナーから真由美にメールを送った。二か月が経過し、お互いの音信はだんだんと間の空いたものになってきていた。いつもなら何らかの返信か、場合によっては電話がかかってくることもあったが、この日はなかなか既読にもならなかった。

翌日いつもの時間に学校へ行くと、職員室にはまだ誰もいなかった。もっとも拓真以外の先生は、ほとんどがベテランと言っていい人ばかりなので、授業の内容などはすべてパソコンの中に収まっている。教える箇所も中級クラスのようなものでなければ、すでに何度も授業にかけているものばかりなので、もう慣れたものなのだ。

拓真はこの日、「みんなの日本語」の第八課を初めて教えることになっていた。その八課は「暑い」「寒い」「新しい」「古い」などの形容詞と、日本語教育の現場では「な形容詞」と呼ばれている「きれいな」「元気な」「ハンサムな」などの形容動詞が初めて導入される課で、相手は例のティエンがいるクラスだった。

どちらも名詞を修飾することに変わりはないが、否定文にする時や名詞への接続方法がいささか違っているという点が、大きな学習ポイントだった。ベトナム人先生がすでに教えてくれてはいるが、このあたりまで進むとだんだんと授業に追いつけなくなってきている生徒がいた。

アン先生はこの日午前中の授業がなく、ハイが十分前になって職員室に飛び込んで来た。席を離れて教室に行きかけていた拓真とハイは、立ったまま挨拶をして一昨日のお礼を言い合い「授業があるので、またあとで」と拓真が言って、エレベーターまで行こうとした。するとハイは背後から「先生、一時間目は何課ですか？」と訊いてきた。

「八課です。今日が初めてなんですよ」

「そう、がんばってね。ティエンちゃんのクラスだね、きびしいよ」と言って、彼はウィンクをしてみせた。

「ＯＫ、分かっていますよ」と返事をした拓真だったが、正直なところ少し気が重かった。

ティエンがいるＡ―８クラスにはもう何度か入っているが、その都度彼女からはそこを突いてくるのかという、教師もたじたじの質問を受けていた。彼女は自分が尋ねている質問の答えのおおよそを知っているのだが、説明の仕方を見ているのだった。それは好意的に取れば、クラスの仲間たちの疑問点を代表して聞いているようにも思えたが、別の見方をすれば教師の教え方を、いわば反面教師にしているようでもあった。もっともごく純粋に、教え方のツボを知りたいと考えていたのかもしれなかった。

拓真もそれまでに、いろいろなクラスのさまざまいる生徒を見ていて、それなりに感じることも増えてきていた。その一つは、いくら少人数のクラスとは言え、マスで教えることと、つまり一人の先生が複数の生徒を相手にすることへの限界みたいなもので、それは今後も解消されないまま、どんどん膨れ上がっていくのだろうという予感があった。そしてそれは、必ず一定数の落ちこぼれが発生することへの無念へとつながっていた。

教室に入るとティエンは、いつもの教卓から見て最前列の左側に席を構えていた。おそらくそこが教師を含めたクラス全体が、一番よく見渡せる場所なのだろう。まだみんなが思い思いのことをしている中で、彼女一人が拓真のことをじっと見据えていた。

「先生、おはよ……」と彼女が、つぶやくような声で言った。

「はい、おはよー」と返したが、それだけで拓真は脈が速くなったように感じた。

この日の授業は八名で始まった。お決まりの挨拶を済ませると、第一課から七課までに習った文型と言葉を使って、まずは口慣らしのトークを始めた。

「リンさん！　リンさんは、けさ何を食べましたか？」

リンは「けさは、七時です」と答えた。

拓真は「たべます」と言って、食べる真似をした。

「すみません、せんせい、あさごはんを、たべました」

「何を、なにをたべましたか？　パンを食べましたか？」といった調子で授業はスタートした。何人かにパターンを変えて尋ねた後、ティエンにさっきの質問を振ってみた。

「私は今朝、何も食べませんでした」

「そうですか。でもどうしてですか？」

「お母さんがまだ寝ていて、私も時間がなかったからです」

「分かりました。でも朝ごはんは食べた方がいいですね」

そう返して次へいこうとすると、「先生、『〜たほうがいい』はまだ勉強していません」とすぐにティエンから指摘が入った。拓真はもう、あっさりと負けを認めて「そうですね、すみません」と謝った。

この八課は、初めて自分が感じたことや見聞きした状況などを言い表すことのできる課なので、生徒の食いつきもよかった。「元気」や「おいしい」「おもしろい」「きれい」等々、自分が言いたい言葉を見付けては口々に言い合っている。もっとも教師である拓真は体系的に教えていかなければならない。すでに四コマ分を使ってベトナム人の先生が教えてくれた文法を、ちゃんと理解しているかもチェックしながら、会話文に反映させなければならないのだ。

この課を今日初めて教える拓真は、なかなか描いていた青写真のようには、うまく事を運べない。休憩をはさんで折り返しの授業を始めようとした時だった。

「沢田先生はハンサムですね」とティエンが唐突に言った。この課で習った単語を使って教師にピンボールを投げてきたのだ。

拓真はドキリとしたのと同時に、頭の神経回路をフルに動員して返すべきボールのことに集中した。

「ティエンさん、どうもありがとう。私はハンサムですか？」

「はい、とってもいい顔ですよ」

「ティエンさんも、とてもきれいですね」

「私は全然きれいじゃありません！」と彼女は突然ムキになった。そして「先生、ちょっとトイレに行ってきます」と言うなり立ち上がり、教室を飛び出した。

残されたクラスの中のチーが立った。

「先生、ティエンさんはきれいと、かわいいですよ。それからおもしろいです」と言ったので、それを聞いた生徒の何人かが「そうですねぇー」と声を揃えた。

「そうですか、面白いですか？　先生はちょっとこわいですけど……」と言うと、まだ習っていない、〝こわい〟の意味を知っている何人かから、今度は笑い声が上がった。

そして再び扉が開き、ティエンが戻ってきた。

「先生、私は今、鏡を見ましたが、やっぱりきれいじゃない。うちのお母さんは本当にきれいですけど」と言ったので、拓真は今度こそ彼女を少しかわいいと感じた。

ティエンの容姿は、例えるなら蓮の花のようだった。蕾がやっとふくらんで開き始めたばかりの淡いピンク色をした蓮の花。蓮はベトナムの国の花でもあった。肌の色がどこまでも白く、髪はそれが癖なのかいつも緩やかにウェーブがかかり、気持ち茶をふくんで肩まで長く、切れ長の二重の目は、キリリとした眉の下でいつも大きく開かれていた。

それから後半の授業は淡々と進められた。ティエンも静かになったが、それでも教師が話す内容が、ちゃんとみんなに伝わっているかどうかを見守る姿勢は、最後まで崩さなかった。

クイズ形式のお遊びも交え、予定通りのスケジュールをなんとかこなし終えて、時間もあと少しとなった。

「はーい、皆さん、何か質問がありますか?」といつも最後にする問いかけをした。もっともどのクラスでも質問など出たためしはなかったが、この日は違っていた。

「先生、桜はきれいですか?」と、ティエンが手も上げずに口を開いた。思わぬ質問に、

「はい、桜は種類もたくさんあって、みんなきれいですよ」と、拓真は答えた。

「先生、私は日本の桜が見たいです」

拓真は少し考えて「『〜たいです』は、まだ勉強していませんが、是非見てくださいね」と言うと、彼女は少し間をあけて言った。

「私は是非日本へ行きたいです。そしてこの目で桜が見たいです」

クラスのほとんどは、おそらくこのやりとりの意味がのみ込めていないはずだったが、拓真はティエン一人だけにではなく全員に向かって、期待を込め「是非日本へ来てください。そして桜を見てください」と、いつものよく通る大きな声でそう言った。


時計の針は、授業の終わりを告げていた。

「ではこれで終わりましょう」

もうすでに帰る準備をしていた者は、その声と同時に教室から飛び出していった。拓真もそんなみんなの様子を見ながらパソコンの後始末をしていると、ティエンがゆっくりとした足取りで教卓の前までやって来た。

「先生、今日は何時に学校が終わりますか？」

「今日は五時で終わりですよ」

「じゃ一緒にご飯を食べに行きましょう。チーさんとミンさんも行きたいと言っています」

　少しばかり拓真の顔色を伺うように、だがしっかりとした声で言った。突然の申し出ではあったが、特に断る理由もない。

「いいですよ、でも皆さんは五時まで何をしますか？」

「それは先生が心配しなくてもいいですよ。じゃ五時に学校の前で待っていますね」

　そう言って彼女は教室を出て行った。チーとミンの二人の女子生徒も「先生、じゃまたあとで……」と言いながら、彼女の後を追って出た。

　教室には、やることがいつも人より遅いタンさん一人が残っていた。ティエンを別にすると、このクラスでは一番できる生徒で、すでに自分で教科書の二十五課まで勉強しているという、ごくマイペースで真面目な男子だった。

　拓真はふと考え、タンに声をかけてみた。

「タンさん、今晩暇ですか？」

「はい、暇ですよ」とタンは迷わずに答えた。

「じゃみんなで、ご飯を食べに行きませんか？　ティエンさんとチーさんと、それからミンさんです」

「はい、いいですよ」

彼はいつもポーカーフェイスで、あまり余計なお喋りはしないタイプの生徒だったが、この時ばかりはにんまりと表情を崩した。拓真も頼もしい相棒ができたことに満足して笑顔を返し「ありがとう」と言った。おそらく彼は、さっきからのやりとりを聞いていたに違いない。そして自分も行きたいと、心の中で強く思っていたのかもしれない。きっとその気持ちが以心伝心、拓真にも伝わったのだろう。


拓真は午後三時で授業を終えた後、五時になるまで何度も時計を見た。タイムカードを押して外に出ると、すでに四人は一つの固まりとなっている。銘々は自分のバイクを持っていて、その横でいつでも出発できる態勢を取っていた。

「先生、おつかれさまでした」と皆は口々に言った。

「皆さん、どうも。待ちましたね。タンさんは五時まで何をしましたか?」

「先生、大丈夫です。私はすぐに部屋へ帰りました。それからごはんを食べて、少し寝ました。それから三時に起きて、シャワーを……」

「タンさん、いまのしつもんは、きょうしつのしつもんじゃないから、かんたんにしてください」

チーがそう横やりを入れたので、みんなで笑った。言ったタンも笑っている。

「ところで、どこへ行きますか？」と拓真が訊いた。

「これからチーさんの家へ行きます。チーさんのお母さんは、バインセオのお店をやっているんです。先生、おいしいですよ」とティエンが教えてくれた。

「あぁ、バインセオって聞いたことがありますね。日本のお好み焼きみたいな食べ物ですね」

「そうです。ちょっと違いますが、まぁよく似てるかな」

「じゃー食べに行きましょう！」

みんなも一斉に「行きましょう！」と言って、それぞれのバイクにまたがった。

「先生は私の後ろでもいいですか？」とタンが言って、またしても真っ赤なヘルメットを差し出した。拓真はこの時初めて昨日ヘルメットを買い忘れたことに気が付いた。

車列は普段あまり行かない南の方角へ走り始め、しばらくすると一度も見たことのない風景が広がりだした。これでは一人では帰れないな、と思いながら街並みを見ていると、それがまた通じたのかタンが訊いた。

「先生ー！」

「何ですかー？」

「先生の家はどこですか？」と、タンは風に負けない大きな声を出した。

「学校のすぐ近くですよ」

「分かりました。私は帰る時も先生を送ります」

拓真はひとまずほっとして「タンさん、どうもありがとう」と言った後、いまだ見たことのない景色を興味深く眺めていた。


そこはテーブルが四つほどしかない小さな店で、着いた時まだ客は誰もいなかった。チーの母親が一人で切り盛りしているようで、彼女は初めて会った日本人の先生にベトナム語で何かを言うと、顔をくしゃくしゃにして頭を下げてくれた。拓真も知っているわずかなベトナム語をつないで挨拶を返した。

生徒たちは席に着くなり、もう拓真に構わずワイワイやっている。教室ではいつも物静かなタンも、女子三人を相手に見たこともない様子で喋っている。拓真は常々教室での彼らを見ていて、それは主に男子にだが、日本の中学生ぐらいの子供っぽさを感じることがあったのだが、タンもその例外ではなかったようだ。

「先生、みせは、すこしちいさいです」

「バインセオを、つくりましょうね」

「先生、ビールをのみませんか？」

銘々は、日本人の先生を気遣って、日本語も交え話しかけてくれる。

向かいに座ったミンが気を利かせてビールを注文してくれた。タンも飲めると言うので、じゃあと二人で飲み始め、二缶が空いた頃、隣にいたティエンが口を開いた。

「先生、私はベトナムと日本の架け橋になりたいの……」

〝架け橋〟とは今まで美辞麗句のように感じていた言葉だが、最近になって拓真自身にも、それに似た感情が芽生えるようになっていた。

ティエンの日本語は、日常の会話にはまったく不自由しないレベルだったが、「話す」「聞く」はできても「読む」と「書く」に関しては、クラスのみんなより少しはましなぐらいで、漢字もそれほど書けなかった。

「架け橋って……今日、日本へ行きたいって言ってたけど……」と拓真が訊いた。

「そう、先生！　将来、私と結婚してくれませんか？」

彼女は唐突にそう言い放った。拓真はベトナム語で楽しそうに話している、他の三人のことをもうすっかり忘れていた。

「結婚！」

語気を強め、拓真はティエンの大きな目をまじまじと覗き込んだ。

「そうよ、結婚……」と、彼女の声は低く落ち着いている。


それからは、もうティエンの矢継ぎ早の質問攻めに拓真は防戦一方となった。どこで生まれて育ったのか、家族構成や行った大学のこと、そこで何を勉強してどこで働いていたのか、そしてどうして日本語の先生になろうと思ったのか等々、まるで履歴書と職務経歴書を行ったり来たりしているような忙しい内容だった。

拓真はなんでそんなプライベートをと思いながらも、不思議と落ち着いた気持ちで一つひとつに答えていた。まるで自分のこれまでの人生の棚卸しをしているような心持ちで……。

彼女は、弟が一人いるが今は一緒に住んでいないことや、神戸に母方の祖父母がいて、小さい頃何度か日本へ行ったこと、そして父親は日系企業に勤めていて、出張続きの毎日を送っていることなどを話した。そして彼女はこう言った。

「先生は、私のこと、好きでしょう?」

拓真は思わず「どうしたら、そんなことが言えるの? 分かるんだい?」と反論した。

「それは、私が先生のことを大好きだからよ」と、彼女は何の屈託もなくそう言った。

ティエンは、高校を出たばかりのまだ十八歳という若さだったが、すでに女性としての少なくとも見た目の魅力は充分に備えていた。拓真にしても、もうすぐ三十になろうかというただの男である。しかし先生になって二か月だが、教室で会う子たちは男女を問わず全員が生徒として映った。もちろん教室でも好き嫌いの感情が生まれるのは仕方がないことだが、不思議と恋愛感情は抱かずに済んでいた。

「あっ、私、とても大切なこと、まだ訊いていなかったわ」

「何だろう? 僕が君のこと、どこが好きなのかとか?」

ティエンは「そうね、それも訊きたいけど、先生には彼女がいるの? あぁ……でもいたら、こんな遠くまで来ないわよね」と、今思い付いたように付け足した。

拓真は、それには答えずに尋ねた。

「君は今まで好きになった人はいるの？　そしていつもこんなふうに告白するの？」

「それはいたわよ。でも今日が初めてよ、自分から好きだって言ったのは」

「そう、ごめん」となぜか彼は一言謝って、

「僕も君のことは好きだよ。でもチーさんやミンさんのことが好きなのと、どこがどう違うのかなんて分からないよ」

「私は先生のそういうところも好きよ、きっと」

この日のティエンは、今まで教室で見てきた彼女とは明らかに違う、ちょっと変わってはいるが、いろんな意味でとても魅力的な一人の女の子だった。

拓真は、今日の彼女の第一声を思い出して尋ねた。

「ところで、架け橋ってなにか具体的なプランはあるの？　それとも僕と結婚することが架け橋になるの？」

「いいえ、それはまったく別のことよ」

いくら飲んでも知らないうちにビールは注がれていて、氷も程よく足されていた。

「じゃ、架け橋って？」

「あのね、私は日本へ行って、少し先のことだけど日本語の学校を作りたいの。将来はこ

のベトナムにもね」

「ベトナム人が通う日本語学校ってこと?」

「そうよ、ベトナムの大人でも子供でも、日本語や日本のことを勉強する学校よ。でも別にベトナム人じゃなくてもいいの。それはどこの国の人でも勉強できるところで、お金を払えない人は払わなくてもいいの。それに勉強したいっていう日本の人がいたら、その人たちにはベトナム語を一から教えてあげるわ。難しいけどね、ベトナム語の発音は……」

「そんなこと簡単に言うけど、できるのかな……」

拓真は率直な感想を言葉にした。

「そうね、簡単じゃないけど一歩ずつね。システムを作るには私一人ではできないし、続けようと思ったら、もっとたくさんの人の手を借りないといけなくなるわ。手伝ってくれますか? 先生」

「それはいいんだけど、どうしてそんなことを思い付いたの?」

「今、日本には大勢のベトナム人が住んでいるわ。語学留学生や技能実習生など、その数はもう何十万人にもなるのよ。地域のボランティア教室なんかで、日本語を勉強している人もいるだろうけど、それだけじゃ足りないのよ」

「足りないって、施設がっていうこと？」

「もちろん、それもあるけど。正直言ってベトナム人は、母語と大きく違っている日本語がなかなか上手になれないのよ。言葉の壁はそのまま社会の壁になっていて、彼らは日本社会にうまく溶け込めないの。もちろん彼らの努力不足ってことはあるんだけど」

「僕は日本にいる時、そんなに多くのベトナム人が自分の身の回りにいるとは、全然気が付かなかったけど」

「そうね、ほかの国の人たちだったらもっと目立つのかもしれないけど、彼らはきっと分かりづらいのかもね。それで技能実習生なんかも含めて、人生を諦めてしまう人が結構いるのよ。あまり知られていないことだけど……」

「君はそういう人たちを助けたいって言うんだね」

「そう、それが私の役目だと思うの。ベトナム人と日本人の間に生まれて、両方の国のことを知っている私に、それは初めから与えられたものなの。先生の仕事とは違ってこれは、私が生まれながらに持っている仕事なの」

彼女は一気に話した。拓真は正面切って、鋭いナイフを突き付けられたような気がして、何も言えなくなった。そして彼女もしばらく沈黙した。

「先生、いいわ。今日はこれぐらいで許してあげる。あと、ごめんなさい。先生の仕事はとても大切な仕事よ、本当よ……」とティエンが言った。

結構飲んではいたが頭の芯は醒めていて、拓真は今この時間をもっと彼女と共有していたいという思いと、それとは真逆に働く気持ちの中で迷子のようになっていた。

――それでも目の前には彼女がいる。今日という日のその中のほんの数時間で、今はもうずっと以前からの仲間同士みたいになったティエンが……。

拓真は、また元の教師としての役回りに戻って店全体を見渡した。

「さぁ皆さん、たくさん食べましたね。そろそろ帰りましょうか」

一同は「はーい、帰りましょう、先生」と口々に応えてくれた。そしてチーがタンの方を見て言った。

「タンさん！　ビールをたくさん飲みましたね。わたしがあなたのバイクをうんてんします。タンさんは後ろにのりますよ。いえまで送ります」

「それがいいです。わたしはひとりでいっしょに行きます。そしてチーさんとここへ、二人でかえります」とミンが呼応した。

「じゃ、先生はティエンさんといっしょにかえりますね。いえは近いでしょう」

チーが二人を交互に見てそう言った。

拓真はタンにビールを勧めた時に、彼がドライバーであることをすっかり失念していた自分を、とんでもないバカだと思った。そしてちらっとティエンの顔を見たが、彼女はただ笑っているだけだった。

「先生のアパートは学校の近くでしょう。私の家はまだその先だからちょうどいいわ。私が送ってあげますよ」

ティエンはそう言って、みんなに退却をうながした。

チーのお母さんに礼を言って、三台のバイクは走り始め、そして途中で二手に分かれた。学校の方向へ帰るのは拓真とティエンだけになった。今日のこの展開は、ベトナムへ来てからの特記事項だと思いながら、拓真は女性がハンドルを握るバイクの後ろにいた。あまり街中では見かけないだろう、二日続けての男女逆パターンの相乗りとなった。

「先生は、女の人の運転で怖くない？」

「怖くないよ、もう慣れているんだ、女の人の運転は……」

「へぇー、そうなんだ。じゃ遠慮しないでちょっと飛ばすわよ」

と言うが早いか、ティエンが一気にアクセルをふかしたので、拓真は一瞬後ろにのけぞった。それを見て彼女は声を出して笑った。すでに拓真はティエンの手の中にあった。

「先生！」

「何ーッ」

「もう、お腹いっぱい？」

「あー、もういっぱいだよ」

「じゃー、まっすぐ帰る？」

「うん、それがいい」

それからしばらく二人は無言で走った。ホーチミンの街はもうすっかり暮れていたが、気温は昼間とそう変わらない。それでも火照った頬をなぶってゆく風が心地よかった。来た時とはまた違う道を走っているらしく、どの方向に走っているのかまったく見当もつかなかった。

昨日アン先生のバイクに乗せてもらったばかりなのに、また今日も女性が運転するバイクに同乗して市街を走っている。昨日はまだ昼間だったが今日はもう八時を過ぎていた。昼にも増してバイクは多かったが、二人が向かっている方の車線は反対側より空いていて、男女の二人乗りが多く目についた。彼らは一様に若かった。

拓真はまだこの国のことを、ほとんど何も知らないでいると感じた。日中町を歩いていると、時おり行き場を失ったホームレスを見かけることがあった。社会主義の国のはずなのにどうして……と思うことも多かったが、こうして夜の街で遊興にふけっている若者たちを見ていると、そこには憂いのかけらも感じられなかった。

「もうすぐかな……」

「あら、先生分かるの？」

「もうこの辺りまで来れば分かるよ」

しばらくして、もうすぐ学校というところまで来て、急にティエンはガス欠になったように運転のスピードをゆるめ、車を路肩に停めた。

「どうしたの？　学校まで行ってくれたら、あとはもう歩いて帰れるんだけど……」

「先生、ちょっと寄ってもいい？」

「どこへ？」

「先生の部屋よ。ちょっと喉がかわいたの」

拓真は、ピッチャーの手から離れたボールが、キャッチャーミットに収まるほどの時の間考え、「じゃ、このまま走って……」と言った。

彼女は拓真のホテルの前にバイクをつけた。

「待っててね、水を持ってくるからね。オレンジジュースもあるけど、どっちがいい？」

「じゃあ、オレンジジュース一リットル……」

「分かった」と言って拓真が座席から降りると、彼女も降りて車を停めた。

「そのヘルメット、先生にあげようか」とティエンは自分が貸した、ゴールドのメットを指した。

「今日は本当にありがとう。最後は家まで送ってくれて、おまけに欲しかったヘルメットまでプレゼントをしてくれて……」

ティエンは、自分がかぶっていたレモン色のメットを取って「やっぱり、こっちの方が似合うかな」と言いながら渡した。

髪のいい香りがした。拓真は昔一度、これと同じようなことがあった気がした。

「これもいい色だね、それにいい香りがする。じゃー両方かな」

「両方なら部屋に行ってもいい？」

拓真はただ首を横に振って、ゆっくりと戻した。

「それは嘘……。私、先生がいいって言ったら、もう二度と話さないつもりでいたんだから」

「そう、じゃよかった。これ、ありがとう」

拓真は借りたヘルメットを、運転席のところに戻した。

「先生、今日は私こそありがとうございました。いろいろ聞いてもらって……」

時が一瞬止まったように感じられた。そしてこのまま止まってもいいと思った。拓真は何かしないと、このまま本当に身体が動かなくなってしまいそうな感覚におそわれ、彼女の肩に自分の両手を置いた。そして目の前にあった額にそっと唇を寄せた。

どれぐらい二人はそのままそこに立っていただろう。やがてまた時間がふっと思い出したように動き始めた。

「じゃ、また学校で」

「うん、また教室で……」

翌日学校へ行くと、ハイがすでに自分の席にいて、パソコンに向けられていた視線をちらっと拓真にやった。拓真は「おはよう」と言いながら、ハイとは背中合わせの自分の席に着こうとした。

「先生は、何かいいことがあったかな」

「いいことって？」と拓真が訊き返した。

「こういう時、日本人は顔に書いてあるって言うんだよね」

そう言って彼はにやっとした。

「そう言えば、ハイ先生も顔に書いてあるよ」と、拓真は当てずっぽうで言った。

「そうか、分かるか。やっぱりなー、うん、そうか……」

ハイは今度はもう、モニターから顔を動かさなくなった。

程なくして始業の八時に向け、先生たちの出勤ラッシュとなったが、拓真はこの日一時間目の授業はなくトイレに行こうとすると、ハイは拓真の方に向き直った。

「先生は今日何時までですか？」とハイが訊いた。

「今日は六時から夜の授業があるので、終わるのは八時になりますよ」

「そうですか。先生にちょっと聞いてもらいたい話があるんですが……」

「じゃ、今度の金曜日はどうですか?」

「分かった、分かった。じゃ金曜日だね。ああ、よかった」と言って、やっと彼は一時間目の授業へと向かった。


その金曜日、学校が終わってからハイが連れて行ってくれたのは、海鮮料理ではこの辺りでは有名な店だった。学校の近くにあるその店は、拓真も日頃入ってみたいと思っていたのだが、いつも客がいっぱいで一人で入るのが憚られていたところだった。

ハイはまず定番のエビ料理と、あとはイカや貝類などを注文した。そしてこれもこちらの人が大好きな鍋料理を注文した。拓真はベトナムに来た当初、この鍋には閉口したものだった。日本であれば、夏の盛りに鍋料理など食べる気にはならないものだが、彼らは実によく食べた。それでも何度か付き合いで食べているうちに、暑い中熱いものを食べて汗を出し、涼を得るというごく単純な仕掛けに馴染んできたようだった。

ハイは拓真にビールを注ぎながら言った。

「先生は、この間、学校が終わってから生徒たちと一緒に出掛けましたね」

「何で？　よく知っていますね」

「それは分かるよ。沢田先生は有名人だからね」

拓真は氷の入れ過ぎで、すぐに次を注ぎ足さなければならないビールを飲みながら、その晩のことをハイに話した。そしてティエンのことは、彼女が日本へ行きたがっているということを中心に聞いてもらった。

「そうか、やっぱりあのクラスも実習生になりたい人のクラスだから、それは当たり前かな。でも彼女だったら、日本語が上手だから日本語学校へ少しだけ行って、そこから推薦で大学に入ることもできると思うけどなー。今はアルバイトをしながら、大学や専門学校へ行くベトナムの若い人がたくさんいるよ」

「確かにそうだね。なぜ技能実習生として日本へ行きたいのか、そう言われると、私もその理由がまだちゃんと聞けていないかも……」

「でも日本へ行って何がしたいんだろうね。ベトナム人だったらもらったお金を三年間家に送って、それから自分のお金も貯めて、田舎に家を建てるのが目的だよ。あとは自分の店を持つとかね」

「彼女には、将来日本でベトナム人やほかの国の人たちにも、日本語を教えたいという夢があるみたいなんですよ」

「それは実は、私の夢と同じだよ。私は早く日本へ行きたい」

ハイはエビの殻を上手に剥きながら言った。

「この間バスでそんなこと言ってたね。でもハイ先生は結婚して子供さんもいるんでしょう」

「そうだよ、子供さんはまだ二歳になったばかりの女の子。とってもかわいいよ……」

「だから、そんな奥さんやまだ小さい娘さんと離れてまで、どうして日本へ行きたいって思うの？」

「私はね、もうすぐ来年は三十歳になりますよ。大学で日本語を勉強して送り出し機関の先生になりました。そこはみんな日本へ行きたい生徒ばかり。私はそこで働いている間、日本へ行く人を何人も見た。みんなは私とSNSで友達になって、日本の写真を送ってきますね。私はだんだん日本へ行って、働きたくなりますよ。そうでしょう？」

「えっ、それじゃあ、実習生として日本へ行きたいってことですか？」

「それは違いますよ。たぶん通訳だよ。それと日本語も教えるかな」

「通訳って……それは誰の通訳？」

「日本では、技能実習生がほしい会社は組合に入りますね。その組合が実習生を日本へ呼んで管理します」

拓真はハイの話に頷いた。

「実習生は日本へ行ったら一か月ぐらい、すぐには実習しない。つまり働きません。もう一度日本語の復習をして、日本のルールやマナーも教えてもらって、それで少し日本に慣れてから自分の会社へ行きます」

「そうなんだ、知らなかったです」

「それで、ベトナム語を話せる通訳が必要になるんだよ。会社に入ってからもいろいろ問題が起きるから、通訳の人は忙しいね、たぶん」

「へぇー、それで何か、ツテはあるの？」

「ツテ……は、何？」

「えーっと、つまり誰か日本に知り合いがいるとか、そういう手掛かりですね。どうやってその組合を探すの？」

「知り合いはいないけど、今はインターネットでたくさん分かるかな。日本のどこでも募集していますよ、特にベトナム語の通訳は……」

「そうなんだ、じゃ僕がこうしてベトナムに来たように、ハイさんも日本へ行けるってわけだ。でも家族は一緒に連れて行けないよね？」

「そうなんだよ。それが今の大きな問題なんだよ」と言って、ハイはジョッキに残っていたビールを一気に飲み干した。

「実は、月曜の晩もそれでケンカになったんだよ、奥さんと」

「なんだ、それで次の日の朝、何だか浮かない顔をしていたんだね」

「そうか、うかないか、うかないね。私は居候なんだよ。いそうろう……。分かるでしょう？　日本人だったら」

「えっ、居候？」

「そうです。奥さんの家が十二区にあるから一緒に住んでいるんだよ。奥さんのお父さんとお母さんと一緒にね、五人一緒だよ。私の田舎はドンナイというところで、そこは遠い」

「まぁ、それは居候とは言わないけど、気持ちはそうなんだろうね」

「ベトナムの女の人は怖いよ。先生はもう知っていますか？　それから奥さんになると、もっともっと怖くなる。お父さんとお母さんはとってもやさしいけどね」

「それで、奥さんは賛成してくれないんだ」

「賛成なんて、とんでもないよ。月曜日、離婚するって言われた。私はほんの一年だけと言ったが、離婚は変わらなかった」

　拓真はこの話をたった今聞かされたところで、何かいいアドバイスのようなものは急には思い浮かばなかった。ちょうど半分半分。奥さんが反対する気持ちも、今しかないとハイがはやる気持ちも、その両方がよく分かる気がした。

　鍋は食べ始めこそ抵抗はあるものの、ビールを飲みながら次々と口に運んでいるうちに、箸が止まらなくなった。

「それで先生、沢田先生は私の味方になるね」とハイが言った。

「味方って何？　まぁ私はまだ独身だったから、こんなこともできたけど、ハイさんは娘さんまでいるんだからね。何で独りのうちに日本へ行かなかったのよ」

「だからね、これはまだ私の娘さんが小さい時にしておきたいこと。私は将来ベトナムで翻訳家になりたい。日本のこと、日本人のこと、文化や歴史やいろいろなことを、全部ベトナムの人に教えてあげたい。日本も仏教の国でしょう？　私たちもだいたい同じ。いい友達になれると思うんだよ。私は日本が大好きで、日本語の先生になったんだよ」

　ここにも一人、架け橋希望者がいると拓真は思った。

「仏教は昔、ブッダさんが考えて考えて、寝転んだり座ったりして発見したことでしょう。ほとけ様は神様じゃないからきっと宗教じゃないよね。皆さんに教えたでしょう？　私はブッダさんの言うことが大好きなんだよ」

ハイはなぜか仏教のことにまで言い及んだ。

拓真はまじまじとハイの顔を見た。とても日本人には見えない。もし日本へ行ったら、人々は彼を同じアジアの中でも、どこか南の方から来た男と見るだろう。そこがアンとは大きく異なる点だった。そしてハイがベトナム人だと分かったら、その時多くの日本人はどう感じるのだろう……。

拓真は今、二十九歳だが、父親はすでに六十を超えていた。彼らの世代であれば真っ先にベトナム戦争を思い浮かべるのかもしれないし、それが色メガネになって個人を見る時の妨げになるのかもしれない。拓真自身はここにやって来るまでは、ほとんどこれと言ったベトナムのイメージを持たずに生きてきた。ほとんどまったくと言っていいほどベトナムについて、何かを考えたり調べたりという時間のやり繰りをしたことがなかった。

テレビが時々見せてくれる白い浜辺を持ったリゾート地や、それとは対照的な道路に溢れかえるオートバイの群れ。あとはそれをアオザイと呼ぶことさえ知らずに見ていた、女性が着るあのふんわりとしたロングドレスなど。しかしそれらには何の結び付きもなく、すべてが断片に過ぎなかった。

そしてこうも考えた。

――自分はこの地でどう見られているのだろうか。

学校ではみんなが自分のことを日本人だと知ってくれているが、一歩町へ出るとその認識は当然ない。それでも買い物をしたり、食べに入ったりした時にベトナム語が話せないので、「ジャパン」と必要に応じて言ったりすると、押しなべて人々は愛想よく応対してくれた。その本心をうかがい知ることはできないにしても、少なくとも彼らは充分に親切だった。

――それと同じことが、ハイが日本へ行った時に起こり得るのだろうか。

無意識にジョッキを持ち上げ、中身が入っていないことに気付いたハイは、ビールを注ぎながら言った。

「そうです。それで先生が私の保証人になりますね」

拓真には、どうにも論理が破綻しているようにしか思えなかったが、それを今のハイに言ったところでまず通じないことを、彼はそれこそブッダのように悟った。

「この私に、何の保証ができるんだろうか?」

「全部ですよ。それで私の奥さんは安心しますよ」

いずれハイの家へ行ってご対面……ということになるのかもしれないが、それも面白いと思った。会ってみて、それからの保証はできないが、それこそ保証人になれる保証はどこにもなかったが、この場は自分をなんでも面白がる人間に仕向けるよりほかなかった。


六月のいろいろとあった出来事が過ぎてからの毎日は、あっという間に過ぎて行った。月曜日から金曜日まで仕事に行って、週末が休みになるという今まで一度も経験したことのなかった生活は、週も半ばを過ぎると、さてこの土日は何をしようかと考えているうちに、やがてそれが向こうからやってきた。

受け持ったクラスの生徒たちともよく遊びに行った。市内にある遊園地にクラスみんなで行ったこともあったし、近郊にあるバーデン山という標高一〇〇〇メートルほどの山に登ったこともあった。そのバーデン山は登り始めこそ遊歩道もあり、なだらかな勾配だったのが、途中からは道らしい道がなくなり、斜面を一歩ずつ山肌を抱くようにして、頂点目指しながら真っすぐに登らなくてはいけなくなった。そうしてやっと頂上まで辿り着いた時には、もうベトナム全土を征服したような気分になっていた。その他にもこの頃から、日本にいては決して経験できなかっただろう多くのことが、宝石箱に少しずつきれいな色をした石がたまっていくように、知らず知らず思い出として残されていった。

その後も拓真は、週に一度はティエンと教室で顔を合わせた。授業中はよく目と目が合った。それは他の生徒たちが決して気付かないだろうほんの刹那、二人だけの呼吸で自然と起きることだった。

しかしチーの店にみんなで食べに行ってから、その後リピートはなかった。毎週にでも、今日こそはみたいな雰囲気だけは漂うのだが、それを言い出す者がいなかった。教師である拓真からは言えなかった。

——ティエンはどう思っていたのだろうか……。

A—8クラスのコースが一応の区切りを迎えた八月のある日、生徒の進路を尋ねたところ、今日も欠席している数名は、もうすでに田舎へ帰ったようだった。早々と技能実習生として企業の面接にパスし、送り出し機関行きが決まったタンとチー以外は、今後も学校で勉強を続けながら、面接に挑戦するということだった。そしてティエン一人が学校に残るかどうか、その答えを決めかねていることを打ち明けた。

すでに授業は進んでいて、生徒たちは片言の会話ができるようになっていた。

「先生、私の話をもう一度聞いてくれる？」と、ティエンが授業の最後にそう言った。

他の連中も、彼女の置かれている特殊な情況を察しているようだった。

「わかりました、あとで話しましょう」

学校が終わってから、初めて二人だけの会食をした。チーの家に行ってから二か月近くが経っていたことになる。日本であれば、もうすぐお盆の時期になる頃だった。

「実はね、私もう三回も落ちているの。面接に……」とティエンは話を切り出した。

「私はね、これだけ日本語が話せるのに、どうして？」

「本当に実習生になりたいの？」

「そうよ、これは是非、私が経験しておきたいことなの」

拓真にはその意味するところが、すぐには充分理解できなかった。

「面接は、全員が日本語だけでやるの？」

「そうよ、それでみんなは先生の学校で勉強しているのよ。もちろん通訳する人もちゃんとついているんだけどね」

「じゃあ、日本語がしっかり話せない子は合格が難しいんだね？」

「まぁそうかな。だから私は何でもハキハキ答えたわ。動機もちゃんと言ったのよ。父の国ベトナムと、母の国日本の架け橋になりたいって……」

拓真はその言葉に大きく頷いた。

「もっとも他の人はだいたい決まった質問に、本当に決まったような答えを返すだけなんだけど。例えば家族構成だとか、趣味はなんですか？　だとか、日本で何をしたいかとか……」

そう言って、彼女は苦笑いを浮かべた。

「なぜ君が合格しないのか、それは僕にも分からないけど、じゃあ、タンさんやチーさんはどうして合格したんだろうか？」

「それは知らないわ。でもあの二人はとても真面目に見えるんだと思うわ。実際に真面目なんだけどね」

「二人に訊いてみたことはないの？　なんて言うか、その合格の秘訣みたいなことを」

「訊いたって、本人たちにも分からないと思うわ。だって決めるのは日本の会社の人たちだもの。でもほんの十分かそれぐらいのインタビューで何が分かるの？　しかも五人とか六人とか一緒にやるのよ」

ティエンは三日前にも四回目の面接を受けたが、その結果はまだであることを告げた。

この日二人が行ったのは、拓真が滞在するホテルに、もう何年も住んでいる日本人の先生に、一度だけ連れて来てもらったことがある瀟洒なレストランだった。敷地には広い中庭があって、この日はそのテラス席に座った。客の多くは涼しい室内を好んだので、そこは白いテーブルと椅子だけが人待ち顔に並ぶ、がらんとした空間となっていた。

その先生とは、「インテコ」という呼称の送り出し機関で日本語を教えている五十代半ばの男性で、名前を清水と言った。ホーチミンでの生活がもう五年にもなるベトナム通で、あらゆる方面のことに精通していた。

拓真はこの日偶然にもここへやって来て、清水先生に訊けばきっと何か分かるに違いないという考えが浮かんだ。

「ぼくの知り合いに聞けば、何か分かるかもしれないよ。君がどうして合格しないのか」

「知り合いって誰？」

「君が合格したら行くインテコの先生」

「そうか、その先生だったら分かるかもね」

「うん、たぶん何かつかめると思うよ。全部とは言わないまでも、そのしっぽぐらいはね」

「こんなに日本語がペラペラなのに、なんで合格しないのかも……」

「そうだね、それにこんなにかわいくて、いい子なのにね……」

ティエンはその時、日頃は珍しいパスタ料理を食べていたのだが、横に置いてあったナプキンで口をふく真似だけして、それを丸めてポイと拓真に投げつけた。

「ホントに思ってる、先生！」

拓真はそれには答えずに「たぶん、ティエンは目立つんだと思うよ」と言った。清水に訊けばある程度のことは分かるのかもしれないが、その前に多少なりとも自己分析ということも必要だった。

「君はまわりの生徒とは少し違っているから、企業の方でも考えてしまうのかな。彼らは何でもない、ごく普通の人の方がいいって思うのかもしれない」

「私は小さい頃から目立ってきたわ。ベトナム人と日本人のハーフということで。でも、これってなかなか大変なことなのよ、分からないでしょうけど。たぶん日本へ行ってもそうなるのかな」

——異なる人種間に産まれ育った、日本でハーフと言われる人には、およそそうではない人にはうかがい知ることのできない、いわゆるアイデンティティーの葛藤があるに違いない。特に日本やベトナムといったアジアの国々にあっては、それはなおさらだろう。そしてそれはどんなに思いやったとしても、その人にしか、いやその本人にしても説明のつかない複雑な感情があるに違いない。

拓真は今夜ティエンを目の前にしてそう思った。

「君は見た目には、まずベトナム人には見えないし、言葉だって全然まったく問題ないから日本へ行っても……」

そこまで言って、彼はそういうことじゃないと気付いた。

「いや、今の君の条件を武器にしようよ。ただ普通だっていうことが、いいことのように思い過ぎるんだよ、日本人は。なんだって普通がそんなに重宝されるのかな」

「日本人の普通は、さすがの私にもよく分からないわ。でもティエンちゃんの武器ねぇ、日本語とベトナム語が話せること以外に何かあるのかなぁ……」

「ティエンの武器はね、もう君自身だと思うよ。だからね、すぐにでも君のよさが分かってくれる人たちが現れて、是非自分の会社にって言うはずだよ」

ティエンはそれを聞いて「先生、どうもありがとう」と言った。

思い出したように風が出てきて、テラス席には少しずつ人が集まり始めた。

「この店いい感じ。また連れて来てね、先生。料理も珍しくておいしいわ」

二人は改めて持っていた携帯電話の番号を交換し合った。ＳＮＳではすでに友達になっていたので、メールや通話にしてもそれで事足りるのだが、拓真のスマホは学校や自宅のホテル以外のＷｉ‐Ｆｉが届かない場所では急な用を足せなかった。

「ところで先生は、いつまでホーチミンにいるつもりなの？」

「来る時は、とりあえず一年は頑張ろうと思って来たんだけどね……」

「それで今は？」

「今すぐにでも帰りたい……」と言って笑ったけれど、それは彼のポケットのどこかにしまってあって、いつでも取り出せる気持ちだったのかもしれない。

「どうして？　私がいるのに……私は先生と、初めて会った時からとっても幸せよ」

「でもどうして？　そんなに……」

「そんなの、分からないわ。先生には分かるの？」

「……もう変な子だね、まったく。また面接落ちても知らないよ」

拓真はふと、小学校の低学年だった頃の教室が頭の隅っこに浮かんだ。そしてその時好きだった女の子と、向かい合って座っているような錯覚を覚えた。

「先生は、私が日本へ行ったらさびしいでしょう？　だったらまだ合格しないで、ここにいてあげようか？　どうしたらいい？　ねぇ先生……」

拓真の頬に、いよいよ夜風が心地よく届いた。

ホテルに戻って、彼はすぐに清水の部屋を訪ねようかとも思ったが、とりあえず、今の気持ちを一晩寝かせることにした。アン先生の〝待つは幸せ〟とは違うかもしれないが、少し間を拵えるというのは、拓真が教師という仕事に就いてから覚えたものの一つだった。日本にいた頃よりも、総じていろんな角度から物事を捉えようとする目が養われていたのかもしれない。時々自分でも今、鳥の眼で眺めていると感じる瞬間があった。もっともそれとは逆に気持ちを瞬発的に表に出し、行動に移すといったことは以前にも増して多くなっていたかもしれない。

翌日ATMに寄ってから学校に着くと、ハイはすでに教室へ行ったらしく、拓真の席には一枚のメモが置かれていた。

沢田先生　おはようございます。
このあいだは、ホントーにありがとうございました。
きのうの晩、おくさんが、やっとオッケーと、言ってくれました。
先生のおかげです。
じゃ　またあとでね。

ハイより

ハイの手書きのメッセージだった。拓真は彼が書いた文字を、この時初めて見たことに気が付いた。彼の授業を何度か見せてもらったことはあったが、いずれもプロジェクターを使ったもので、一度もホワイトボードに板書しなかったのだ。

それはおよそ日本語教師と呼ばれる人間が書いた字には見えなかった。ごく好意的にとれば大急ぎで走り書きしたものとも思えたが、とにかくその字は、思いっきりダンスしていた。

拓真がハイの家、つまり奥さんの生家へ行ったのは、鍋がおいしかった海鮮料理店へ行った日から二週間が経った、同じく金曜日の夜だった。

五時に学校が終わってから二人はバイクで向かったのだが、ハイはまだ時間が早いのでちょっと喫茶店へ寄ってから行こうと言いだした。

「沢田先生は、あした予定がありますか?」

「あしたは本当に何もないよ。朝から洗濯して昼から買い物に行くぐらいかな」

「じゃ今夜はゆっくりだね……」

バイクは十分ほど走り沿線にあった喫茶店の駐車場に入った。拓真はてっきりこの日の作戦会議をするものと思ったのだが、彼にそのつもりはなかったようだ。

「今日僕は、どんなことを言えばいいのかな? でも日本語が少しも話せない人と一緒っていうのは、今まで全然なかったことだから変な感じなんだけど……」

「先生は、ただ来るだけでいいよ。たぶん料理は美味しいかどうか分からないけど、それを食べてくれたらいいよ」

「じゃあ、作戦は何もないの？」

「作戦？　……それは戦う時に必要だよ。今日は私の奥さんが沢田先生の顔を見るだけが作戦かな？　あれっ、それは反対だったか……まぁでも同じことかな」

「まぁどっちにしても、私は何を訊かれても話せないものね」

「私が通訳するから大丈夫だよ。何でも日本語で言ってくださいね」

「でもハイさんは、都合の悪いことはベトナム語に訳さないんじゃないの？」

「そうだね、それはたぶん作戦かな」

ハイは、やたら甘ったるいアイスコーヒーの氷をかき混ぜながらにやっとした。


ハイの家は学校からバイクで二十分ほど離れたところにあった。喫茶店を出てからは、次第に町中にあふれ返る背の高い建物は見当たらなくなり、着いた家も二階建てだった。一見すると日本の家屋のような造りで、敷地は日本式に言うと三十坪ほどあり、玄関まわりにはちょっとした庭もあった。拓真は久しぶりに土を見た気がした。その庭は特別手の行き届いたものではなかったが、この家に住む人の心のゆとりを感じさせてくれる存在だった。

玄関を入ってまず迎えてくれたのは、ハイの義理のお母さんだった。五十代後半に見える彼女は、その人柄がよく映し出された笑顔で拓真を招き入れてくれた。程なくして顔を見せた奥さんは、小柄でとても愛くるしい感じのする美人だった。その後ろにはまだ二歳になったばかりのニーちゃんがいて、拓真を見るとまた慌てて母親の後ろに身を隠した。

拓真は手土産に持ってきた紙袋を、ニーちゃんに渡そうと何度か試したが、それは池の鯉にエサをやるようなわけにはいかず、最後は諦めて奥さんに渡すと、彼女は小さな声で
「シン、カモン」と礼を言った。

お母さんはハイに何事か言っているし、奥さんもお母さんに話しかけていたが、学校と違ってここで日本語が話せるのは、ハイ一人しかいないので、拓真はそんなみんなを見ているほかなかった。その間、どうしてハイがこうまでして日本へ行きたがっているのか、また果たして自分がそうした彼に加担していいものかどうか、彼はひとり思案していた。

どちらが作ったのか、おそらくは二人で拵えたであろう料理を前にしてハイは饒舌だった。ベトナム語と日本語を駆使して行う家庭内での通訳は、さぞや初めての体験であったに違いない。

リビングではテレビがつけっぱなしになっていて、絶えずちっちゃな音を流し続けていた。笑顔のかわいい二歳の娘は、お母さんとおばあちゃんの間におとなしく座り、口だけを動かしながら、それでも時々はこの見たこともない日本人、いやそれさえも分からないだろう部外者に、なぜここにいるのだろうといった視線を送るのだった。

「沢田先生は確か大阪だったたね。じゃ先生に訊きますが、大阪とホーチミンではどちらがにぎやかですか？」

まるで教室で生徒がするような質問を、皆の紹介が終わってからハイがした。

「うーん、それはどうかなぁ……ちょっと難しい質問だけど、ぼくはホーチミンの方が街全体に活気があると思いますよ」

「そうか、活気かぁ。大阪は活気がないかな？」

「いや、そんなことはないんだけどね。例えばこのホーチミンの街は昼もそうだけど、夜遅くなっても大きな通りだけじゃなく、どこへ行ってもいろんな店が開いていて、人が歩いているでしょう。みんな自由に毎日を送っている感じがします。それが活気かな」

ハイはしばらく通訳してから「でもそれは当たり前のことでしょう？」と言って、またベトナム語で話し始めた。

ベトナム人同士の会話というものも、中国の人の喧々囂々ほどではないにしても、話に夢中になるとまるで喧嘩でもしているように聞こえることがあった。この日のハイは学校で見ている彼ではなく、まして居候でもなかった。

「じゃ大阪の人と、ホーチミンの人と、どちらが親切ですか？」

「いやいや、それも難しいなぁ。それは時と場合によって違うと思うけど。これはまぁ例えばの話だけど、もし道に財布が落ちていたら、拾って交番に届ける人が多いのは大阪かもしれませんね。あくまでも想像だけど……」

「そうか、でもベトナムの人はなかなか財布を落とさないけどなー」

とハイが言ったので、拓真はついつい笑ってしまった。女性二人はきょとんとしていたがハイが通訳すると堰を切ったように笑ったので、最後はみんなで大笑いになった。

「あと道を聞いたりしても、割と親切に教えてくれたりするしね。特に大阪の女の人、おばちゃんて言われる人は、おせっかいを焼いてくれたり、黙っていても飴玉をくれたり、いろいろと親切だけど……」

「おせっかいの意味はよく分からないな、親切とは違いますか？　私はアメはあまり好きじゃないから、それはやっぱりおせっかいかな」とハイが言って、自分で納得した。

その後もハイは、日本のことをいろいろ拓真に尋ねた。交通の便がいいことや治安のよさなど、そして日本人が勤勉に働き、真面目な国民であることがよく分かるような質問を続けた。そしてそんな国へ自分が行って、多くのことを学ぶ妥当性をアピールするのだった。その辺りのことは、それこそ彼の作戦通りに進行したようだ。義理のお父さんは仕事が忙しいとかで、ついぞ最後まで帰ってこなかった。

ハイの奥さんからはこんな質問があった。

「先生は日本の暮らしと、ベトナムの生活とどちらが好きですか」

拓真はふとハイの顔を見た。彼は通訳だけしてあとは知らぬ顔をした。

拓真はそれも難しい質問だが、ベトナムに来て日本のいいところが多く見えてきたことを伝えた。それでもまた日本へ帰ったらこのホーチミンでのことを、きっと懐かしく思い出すのだろうと答えた。そして「ハイさんも日本へ行ったら、きっとそうなるような気がします」と付け加えた。彼女は「それは、とてもいいことですね」と笑顔で返した。

この家族はどうして二択の質問しかしてくれないのだろうと、拓真はつくづく思ったが、そんな中、お母さんが、拓真が自由に答えられることを何度も尋ねてくれた。

ほんの二時間ほどの団欒ではあったが、それは彼がベトナムへ来て初めて味わう家庭の温かさであった。帰り際になって拓真は、最近ほとんど連絡を取っていなかった大阪の両親のことを思った。


二時間目の授業を終えて職員室に戻ると、ハイが満面の笑顔で迎えてくれた。

「先生、本当にありがとうね」

「ハイさん、ホントによかったね」と拓真も笑顔で応えた。そして同僚のベトナム人男性教師ルアンと、いつものように三人で昼ご飯に出掛けた。

ハイとは結婚式のバスで一緒になってから、ランチは決まって二人で行くようになっていたが、最近はルアン先生も合流するようになっていた。彼はずっと非常勤で週に一度だけ夜間の授業に来ていたのだが、二週間ほど前から常勤として朝から勤務するようになり、これでこの学校の男性教員はやっと三名になっていた。

「ハイ先生は、今日はとっても嬉しそうだね」とルアンが言った。

「そうかなー、何かいいことがあったかなー」とハイはまだとぼけている。

ルアンはハイとは前の学校の同僚で、同い年ということだった。背はハイよりは低いがそれでも一七五センチはゆうにあり、頭部が小さく毎日鍛えているというその上半身はボディービルダーのようだった。そして性格はどちらかというと、直情型のハイとは対照的で、理性でものを言うタイプの青年だった。

「今日は私がお金を出すからね。いつものところじゃなくて、何かもっと美味しいものを食べに行こうね」とハイが言った。

ルアンは意味が分からず「変だねー、今日のハイさんは……。やっぱり何かいいことがあったのかなー」と言ったが、やがて彼はその理由に思い当たった。すると「そうか！おめでとう。そうか、よかったねぇ！」と言ってハイの顔を覗き込んで、またもう一度「おめでとう！」と大きな声で言いながら、ハイの肩を両手で何度も叩いた。ハイは「いたい、痛いよー」と言いながらも笑っている。

「沢田先生が手伝った？」

「まあね……」と拓真は、表情を変えずに答えた。

「でも、どんな手を使ったかなぁ？」

拓真はその言い方がおかしくて、ハイに向かって「どんな手？」と訊いた。「こんな手だよー」と、ハイは自分の細くて長い手をいっぱいに広げて見せた。

みんなで大笑いしていると、すれ違う人が怪訝な顔をして見るので、三人は声を潜めて笑い続けた。

ご飯を食べながらハイの話を聞くと、この件には拓真の後見とも言うべき東村も絡んでいるということだった。今まで彼とはほとんどゆっくり話す機会もなかったが、もう四十は超えているだろう彼の前職は大手商社のバイヤーで、主な担当はこのベトナムだという話だった。

「でもよく奥さんが許してくれたね」とルアンが言った。

「それは、沢田先生のおかげかな……」

「いや、ぼくは家で晩ご飯をごちそうになって、ただそれだけだよ」

「やっぱり沢田先生の信用だね」とルアンが言うと、しきりにハイが同意した。

「でもぼくが家に行ってから、少し時間がかかったんだね。説得していたってこと？」

「たぶんそれは〝焦らす〟かな。簡単はよくないからね」と、そこはハイがよく分析していた。

ひとしきりハイの話で盛り上がった後、拓真は昨日のティエンとのことが思い出され、二人にその話をした。

「どうして合格しないか……うーん、私はだいたい分かるかなー」とハイが言った。

「どうして？」

「それはちょっと言うのが難しいかな……ねぇ、ルアン」とハイはルアンに同意を求めた。

ルアンはしばらく考えて言った。

「うん、そうだね。でもそういうことは東村さんに相談したらどうかな」

拓真はルアンに言われて、何で初めからそれに気が付かなかったのかと思った。

「そうだよ、東村さんはオッケーを出せる人だからね。あの人がいいは、みんながいいと同じだよ」

ハイもルアンに同調した。

拓真は、ティエンの日本行きの突破口が見付かったと思ったのと同時に、ふとハイを見て思った。

「ハイさんは、どうして最初から東村さんを家に連れて行かなかったの？」

「それは考えたよ、一番にね。東村さんはいい人だけど、私は奥さんにあの人を会わせようと思わなかった。どうしてかな？　でも奥さんに彼のことは話したよ。私がスカイプなんかで日本の組合の人と面接をする時、あの人は自分の名前を出してもいいと言ってくれたことをね……」

「ハイさんはよく考えたね」とルアンが言った。

「それから東村さんは、日本でもし何か困ったことが起きたら、いつでも連絡してきてと言ってくれたしね……」

「わかった、沢田先生の方が家へ連れて行くのが簡単だったんだ。ハイさんは……」

「それはたぶんだけど、ピンポーン！　かな。日本人は答えがいい時は、これを言うんだよね」

そうハイが言って二人を笑わせた。

食べ終わってからルアンが「ハイお兄ちゃん、ごちそうさまでした」と言った。

拓真も真似をして同じように言うと、ハイは大きく首を横に振った。

「それは違うよ、沢田先生がお兄ちゃんだよ。一つ年上のお兄ちゃん」

そしてそれからというもの、ハイが拓真のことを呼ぶ時は、いつも親しみを込めて「お兄ちゃん」と言うようになった。

午後、職員室にいた拓真の携帯電話が鳴った。着信に出たのは登録している人の名ではなく、ただ十一個が横に並んだ数字だった。拓真が試しに「アロー」と言うと、「もしもし」と耳に届いたその声は聞き覚えのあるものだった。

「すみません、沢田先生でしょうか？　清水です。今少しよろしいでしょうか？」

「はい、いいですけど。でも私の電話がよく分かりましたね」

「ええ、今、野口先生に教えてもらいました」

「そうなんですね」

「先生、ところで先生はティエンという生徒をご存じですね、日越ハーフの……」

「はい、知っています。私の生徒です」

話の要点は清水がいるインテコで今、ティエンの合否を検討しているところだが、今回の面接で彼女が拓真の名前を出したということだった。学校では合否の決め手を探しあぐねていて、それで電話してきたということだった。

「彼女は日本語もペラペラで見た目もきちんとしていて、そういう意味ではまったく問題はないんですが、なにぶん他の生徒とは生まれから何から大いに違っていて、今までの面接ではあえて敬遠していたというのか、合格には至らなかったんですが……」

清水はいつもの彼らしくないものの言い方をした。

「おっしゃりたいことはだいたい分かります」と言って、拓真は奥の席にいた野口を見た。彼女の目は、パソコンの画面とキーボードの間を行き来していたが、それでも彼は立ち上がって、エレベーターがある廊下の方へ出た。

「それで、私にどういったことを……」と言いかけて「あのう、人物は私が保証しますけど」と拓真は自分でも思いがけず、そんな言葉を口にしていた。

「いやぁ、そうですか。先生のお気持ちもよく分かります。困ったなー、まぁ、でも言いにくいことなんですが、こちらとしてはごく普通の人物を求めているんですよ。企業さんもそうなんです。いくらすばらしい才能があったとしても、それは日本で研修する、つまり働くうえでの足しにはならないんです。ちょっと言い方はあれなんですが……」

「はい、私も先生のおっしゃりたいことは、理解しているつもりです」

と拓真が言うと、清水はまた声を絞り出すようにして話し始めた。

「彼女はね、将来、日本とそれからベトナムでも学校を作りたいと言ったんです。日本語を教えたいそうですがね、面接でですよ。そんなこと普通は言わないですよ、いくら思っていても、ほかの子は。それにそんな先のことなど誰も考えちゃいないんですよ。もっとも日本で稼いだお金で故郷へ帰ったら家を建てて、両親にプレゼントしたいぐらいのことは考えてはいるんでしょうが……」

「はい、それもよく分かります」

「日本にあこがれを持っていて、行くのなら同じような制度がある台湾や韓国ではなく、日本へ行きたいと思っている子も多いと思います。小さい頃から日本のアニメなどの文化に触れて大きくなっていますからね。でもそれはそれなんです」

「はい、私もやっと最近になって、少しずつ分かりかけてきました。いろんな事情といったことが」

「でも……」と清水は言ってから、

「でも正直お金なんです。日本へ行くのは稼ぐためなんです。それで彼らの親もそのための先行投資をするってわけなんです。時に借金までして」

拓真は清水の話す内容を咀嚼するように、はっきりと相づちを打ちながら聞いた。

「企業は、文句を言わずに何とか三年頑張ってくれる子が欲しいんです。彼女にそれができますか？」

今日の彼は明らかに、いつもホテルの玄関やスーパーでばったり会った時に話す清水とは違っていた。ついさっきティエンの人物を保証すると言った拓真だが、彼のこの言葉に、なおも保証を明言することはできなかった。

「もちろんこれは大丈夫だと判断して日本へ送り出しても、ある一定数の見込み違いは必ず発生しますし、実際のところ日本の企業の中にもいろいろあることは承知しています。私もそのたびごとに聞かされますからね、ひどいもんですよ。日本人相手なら善良な紳士が、ベトナム人が相手だと、上から目線の暴君に変わってしまうんですから……」

清水はそれから、この技能実習制度の今までの経緯をかいつまんで話し始めた。そして自分にはいろんな意味で責任があることを訴えた。拓真は話を聞いていて、ついさっき揺らいだ自信を、もう一度ティエンの顔を思い浮かべ、そして持ち直した。

「彼女のことは、この私が保証します。そして彼女の夢もまた私が保証します。いや彼女はその自分の夢のためにこの制度を選びました。その動機において彼女が他のどんな志願者に比べても劣っていないと、私は確信します。彼女なら三年間必ずやり通せます」

しばらくの沈黙の後、清水が言った。

「そうですか。今日は突然すみませんでした。でもお電話差し上げてよかったです。そして今感じたんですが、先生のこと、ちょっとうらやましく思いました。いやいや今までこの私に、そこまでまるごと人物を信用できる子がいただろうかって……。いや、すみません。では今日はこれで失礼します」

「では、よろしくお願いします」

「はい、承知しました」

そう言って、清水は電話を切った。

拓真の気持ちは高揚していた。

――これで二人の夢の保証人になれたかもしれない。


それからしばらく経った木曜日の夜、ティエンからメールが飛び込んだ。

〈先生、合格したよ。わたし合格したhihi…〉

拓真がすぐ「おめでとう！」のメールを返すと、彼女は電話をかけてきた。

「アロー、先生、今、大丈夫？」

「ああ大丈夫だよ。今、部屋だから。でも本当によかったね。ほんとに合格したんだ」

「まだ日本へ行けるって決まったわけじゃないけど、これでインテコに入れるから一歩前進よ」と、その声はいつも以上に弾んでいる。

「企業の面接に合格したんだから、あとはインテコでしっかり勉強すれば、日本へ行けるんじゃないの？」

「あのね、今度の会社は神戸にあるプラスティックの精密機器の会社なんだけど、二十人受けて六人合格したの。それでね、その六人が全員行けるってわけじゃないの」

「えっ、どういうこと？」

「その六人の中から四人ぐらいかな、実際に日本へ行けるのは。そして誰が行くのか行けないのかは、いろいろあるみたい……」

「いろいろって？」

「私もまだはっきりしたことは知らないけど、どこもそうなのよ。お金がある家の子は、あまり成績がよくなくても合格したり、いろいろよ……」

「えー、まさかそんな……」

「そうなの、ここは日本とは違うのよ」

拓真はますます知らないことだらけだと、自分の無知が情けなくなった。

「とにかく頑張るわ。寮に入るのはたぶん九月の初め頃になると思うけど。そしたら毎朝五時に起きて、でも自分の部屋なんてないのよ。二段ベッドの上だか下だかが、自分が自由に使える空間なの。びっくりでしょ、先生」

拓真は清水と話した時も思ったのだが、この制度はまるでタレントのオーディションみたいで、落ちて当たり前ぐらいの心構えが必要なのかもしれなかった。

「それでね、先生、私、今度の面接で今までの勉強のことなんかを聞かれた時に、先生の名前を言ったのよ。それでインテコの先生もいろいろ聞いてくれて、他の人よりも多くね。ひょっとしたらそれで合格できたのかなって……」

ティエンはそう言って、拓真がどう答えるのかをうかがった。

拓真は少し考えてから「それはどうかな、あまり関係ないと思うよ。他の生徒だってそんな時には君と同じように、習った先生の名前を出すかもしれないしね」と返して、我ながらうまく言えたように思った。

「ところで先生、今度の日曜日は暇?」

「うん、別にこれって用事はないけど」

「じゃ遊びに行こう！　私がお金を出すわ。合格のお祝いよ」と、ティエンの声は一段と弾んだものになっていた。

よく晴れ渡った日曜日の朝、いつものように学校前で待ち合わせをして、この日はバスに乗って二人が向かったのは、市内にある二大遊園地の一つであるダムセン公園だった。広大な敷地の真ん中にゆったりと池が横たわっていて、そのまわりをさまざまな遊戯施設が取り囲んでいた。

着いてしばらく歩いた後、初めて二人が足を止めたのは、池にいくつも浮かべられ、その出番をじっと待っているスワンボートの乗り場の前だった。この遊園地の遊具は、おそらく日本なら昭和の時代からあるような、レトロなものばかりであったが、それが却って心地よく、のんびりと寝そべっている犬を見るような安心感があった。

季節は依然夏だった。

——いったいこの国では春、夏、秋、冬という言葉自体が人々の間で流通しているのだろうか。人が昔のことを思い出す時、そこには必ずと言っていいほど季節の情報もついているはずなのだが、このホーチミンではそれが一切ない。もう一年中が夏とあっては、人はどうやって思い出の仕分けをすればいいのだろうか。

日本であればお盆休みにあたる時期で、この日の太陽は特別ぎらついて見えた。炎天の中それでも二人は休むことなく、思い付いたことをそのまま言葉にしながら歩いた。

「先生、私、帽子買ってあげる」

ティエンが拓真の胸中を察してか、そう言った。

「帽子かぁ、そういえば君は帽子がよく似合うんだね。もっとも今日初めて見たけど」

「あら、今日はバイクじゃないから。でも歩く時は帽子は必需品よ」

と言って彼女は、つばの広いコバルトブルーの麦わら帽子を取って見せた。そしてそれをもう一度頭にのせると、今度はいろいろなかぶり方をしてポーズを取った。拓真はこの日も持っていたカメラでその姿を撮り始めると、ティエンはそのたびごとにまた違ったしぐさや表情を作ってみせるのだった。

「先生はどんな帽子が好き？」

「どんなって……。一つ買わなくちゃいけないって、前からいつも思っていたんだけど、もともと帽子はあまり被らない人なんだ。きっと君と違って似合わないからね」

「あら、そうかしら。じゃあ、私がいいのを選んであげるわ」

休憩コーナーにあった売店で買ったのは、結局ふつうの野球帽で、色は彼女が選んでくれた芥子色《からし》だった。それはもう相当に日焼けした今の彼にぴったり似合っていた。拓真は「ありがとう《カモーン》」と言った。

それから二人は観覧車にも乗ったが、それは時として落ち着かない乗り物になることがある。乗り込んで向かい合って座りながら、二人はあれこれ思い付いたことを話した。テイエンも初めての景色にちょっと興奮気味だった。

「先生、ほらあれじゃない、私たちの学校」

「どれ？　でも方向が違うと思うよ、学校の方角は確か……」

日本だと、どこかに山が見えたり海が見えたりするものだが、ここでは起伏のない地平が続くばかりで、どこかに目印を見付けるまで、すぐには方向がつかめなかった。

五分もして天辺も過ぎると急に言葉数が少なくなってきた。するとだんだんその二人だけの空間が、なぜか狭く落ち着かないものに感じられた。だからと言って観覧車は、急にスピードを上げて下りてはくれない。それどころか油が切れた自転車を漕いでいるように、その動きは鈍く重いものに感じられた。

「君の家はどの辺りなのかな……」

「それが分かれば、もうとっくに言ってるわ」

ティエンは帽子を取って、膝の上に置いていた。拓真はその頭に辛子色の帽子をのせてみた。

「やっぱり君の方が似合うかもね」

「じゃ、私のも被ってみてよ、ほんの試しにだけど……」と言って彼女は笑った。


夕方が近づく前に二人は一区へと向かった。ドンコイ通りのいろんな土産物を売っている店やおしゃれな小物を置く雑貨店、それからデパートの中なども、新婚旅行でやって来たカップルのように歩き回った。そしてサイゴン大聖堂や中央郵便局にも入った。拓真にとっては何度も一人でやって来て、見知っているはずのその景色が、ティエンといるとまったく別なものに映った。歩きながらも、二人は休みなくなにかしら喋り続けていた。

そんなふうにして歩き回っているうちに喉も渇いて、ちょうどいい具合にお腹もすいてきて、二人はティエンお勧めのベトナム料理店に入った。拓真がふだん昼も夜も食べている日本円にすると二百円足らずの町の食堂ではなく、いわゆる伝統的なベトナム料理の店だった。

すべてがベトナム語で表記されたメニュー表から彼女は迷うでもなく、拓真にお伺いを立てることもせず五品ほどを選んで、最後にビールをオーダーしてくれた。その銘柄だけを彼に決めさせて。

「私はね、最後はベトナムに住むつもりよ、先生と一緒にね。ホーチミンかどうかは分からないけど。そう、ダラットがいいわ、ダラット。いいところよ、一年中花に囲まれて、涼しくて、今度一緒に行ってみましょう、先生！」

そう言って、彼女は自分のことを話し始めた。

まず神戸にいる祖父母のことをもう一度話してくれた。父親はホーチミンから車で二時間ほど南へ下ったココナッツでも有名なベンチェの出身で、大学に入るためにダラットへやって来て、そこで彼女の母親と出会ったという。

「すごい縁でしょう?」とティエンが言った。

「そうなんだ、確かに運命的な出会いだね」

「そう運命だわ、父と母はとても強い糸で結ばれているのよ。だから先生と私も同じ見えない糸で、今ここにいるのよ」

と言うと、そこには彼女独特の、まさに蓮の花が今開いたばかりのような笑顔が生まれた。

拓真も以前チーの店で、バインセオを食べながら尋問を受けたことを思い出し、まだ話していなかったことや、話し足りなかったことなどを順不同に言葉にした。

「ぼくは、そんな両親が生まれてからどうしたとか、二人がどうやって出会ったかなんて聞かされたこともないけど、こっちから訊いたこともなかったな。二つ下の弟はお喋りなやつだから、きっと聞いて知っているかもしれないけどね」

そう言うと彼は、自分が大いに情に欠けた子供であったような気分になった。

そして彼女は日本と日本人について、実に多くの見識を披露した。それは拓真が何も知らずやって来たこのベトナムに住んで、初めて見えてきた日本という国の姿と重なる部分があった。それでもティエンの自説を聞いているうちに、自分がどれだけ自国のことを理解しているのか訝しく思えてきた。

「日本人は、自分たちが住んでいる国のことを、あまりよく知らずにいるのかもしれないわ」と彼女は笑った。

「そうかもしれないね。ぼくもここまで来て、やっと見えてきた日本がある」

「そうよ、ここからだとよく見えるのよ、このベトナム社会主義共和国からだと。でも……」

「でも、どうしたの？」

「でも、私が日本へ行ったら、もっと日本のことがよく分かるようになるのかしら。それとも今みたいには見えなくなってしまうのかしら」

そう言って、彼女は今、とても凄い発見をしたように目を大きく開いた。

料理は、一品そしてまた一品といった具合に、ゆったりとしたペースで運ばれてきた。でも正直なことを言うと、そんなに手間がかかっているようには感じられないものもあった。もっともその完成度は高く、ふだん彼が学校近くの食堂で口にしているものとは明らかに、素材の質が違うことが理解できた。

「私は日本料理だって詳しいのよ。お母さんがよく作ってくれるんだから」

ティエンは、先生が生徒に教えるような口調になっていた。先生と生徒なんて一歩学校を出ると、その関係は大きく変わるものなのだ。

ティエンの説明では、インテコの寮生活は四か月ほどで、日本語の学習が中心だが、日本の生活習慣や法律や公共でのルール、マナーといった内容の授業もあるということだった。

「寮はとっても厳しいの。ふだんからのんびり育ってきた地方の子がほとんどだから、途中で辞めちゃう人もいるみたい。でも私は大丈夫、将来やらなくちゃいけないことがいっぱいあるんだから、ねぇ、先生」

彼女は自信たっぷりにそう言った。

「あとね、夜の九時から十時まで一時間だけ、寮から出られる自由時間があるから、先生その時間に時々会いましょうね」

「そうだね、ぼくのところからも近いみたいだし」

「ところでですが、先生は俳句が作れますか？」

ティエンがそこだけ、ですます調になった。

「俳句って、五、七、五の俳句のこと？」

「そうよ、古池やー蛙《かわず》飛び込む水の音ー」

「それは知ってるけど、俳句なんて作ったことないよ」

「あらどうして、日本人でしょう？　私、日本へ行ったら毎日俳句を作るのよ」

拓真は突然の宣言を聞かされても、その意味と理由がのみ込めなかった。

「ええっ⁉　どうして俳句なの？　季語とか入れなくちゃいけないの、知ってる？」

「ええ、もちろん知ってるわよ。お母さんがね、神戸のおばあちゃんの、手ほどきっていうのかしら、それを子供の時から受けて作っていたんだって。それでね、私もその手ほどきだっけ、それを受けたのよ」

「へぇー、それは凄いね。それで今でも作ってるの、ティエンは？」

「それは小学校の時までだったの。中学になると他の勉強とか忙しくなるでしょう」

「じゃ、お母さんは？　今はもう作っていないのかな？」

「今はね、何だかあまり作っているの見たことないかな」

「どうしてだろう？　そんな子供に教えるような人が……」

「さぁ、どうしてかしら？　ホーチミンはもうずーっと夏だから？　かな……」

ティエンは自分が言ったことがよほどおかしかったらしく、声を出して笑った。

「それにベトナムと日本じゃ、文化なんかも随分と違うじゃない？　それでかしら。でもお母さん、少し前まではよく作っていたはずなんだけどなー」

「そりゃ日本とベトナムじゃ、夏に咲く花だって、ひまわりとか紫陽花なんて、僕はこっちで見たことないし、ホトトギスもいないみたいだしね」

「でも、ホーチミンにも桜の花は咲くかも……」

「サクラ？」

「そうよ、ちょっと違っているかもしれないけど、サイゴンの桜って呼ばれているのよ」

「へえ、そうなんだ。じゃあ、サイゴンにー桜の花が咲くというー」

「あら、上手じゃない、先生。やっぱり日本人だったんだ」

「やっぱり？」

「そう、やっぱり」

「でも日本人が本当に目指さなくちゃいけないのは、君かも知れないね」

「やっぱり……」

「そう、やっぱりね」

二人は〝やっぱり〟を何度も繰り返して言って笑った。

——ベトナムで、ましてやこのホーチミンにいて、俳句なんて本当に作れるものなんだろうか。お母さんという人は、いったいどんな人なんだろう。四季がないということは一年中夏の季語を使うことになるのだろうか。

拓真は日本語の先生はしていても、どんな言葉が俳句の季語としてあるのかといったことにも、そこはまったくの門外漢であった。

「ところで君は、今まで俳句を作ったことがあるって言ったね」

「子供の頃にね。でもそれは言葉遊びみたいなものだったと思うわ。母が残してくれているけど、見たらもうバカみたいなのよ。一応は五、七、五にはなっているんだけどね」

「そうなんだ。でもお母さんとしては、きっと種をまいておきたかったんだろうね、君がまだ小さかった頃に。日本人としての大切な何かを、決して失くさないようにってことなんだろうね」

拓真はふと、父である洋一郎の顔を思い浮かべていた。彼の父、沢田洋一郎も数年前から俳句の会に入って、月に一度のペースで吟行とやらに出掛けていた。

「俳句かぁ……」ともう一度、拓真は声に出して言ってみた。

秋

mùa thu

ティエンは、その後しばらくして「ＩＮＴＥＣＯ」が正式名の、全寮制の送り出し機関に入った。彼女の家はタンビン区内にあり、歩いても通学できたのだが、寮生活は義務付けられたものだった。

拓真の日本語教師としての生活も、この頃になるとある意味安定したものになっていた。週の半ばも過ぎるとすぐに週末がやってきて、ハイやアン先生、そして教室で会った多くの生徒たちと過ごした。何人かで喫茶店へ行って授業の予習や復習をすることもあったが、日がな一日ショッピングモールで過ごすこともあった。ボーリングをしたりゲームに興じたり、時にはカラオケに繰り出したりと、やることはもう子供と一緒だった。かつてあった学生時代よりも、もっと学生っぽい毎日だった。

アン先生とは職員室の席が近いせいか、よく授業のペアになった。タオ先生が二人をそう仕立ててくれたのだが、相性を見てのことだったのかもしれない。彼女とは六月に動物園へ行ってから、二人だけで会う機会はなかったが、クラスの生徒を交えてよく遊びに出掛けた。そしてそのうちアン先生も日本へ行きたいと言いだした。もっともそれは拓真に直接伝えられたものではなく、親しい教師仲間に相談しているらしく、ハイとルアンがランチタイムに教えてくれたのだ。

そんな九月のある朝、父の洋一郎から一本のメールが届いた。内容はまとまった休みが取れそうなので、母の美智子と二人で近々ホーチミンに遊びに行くというものだった。拓真は驚いて、その夜電話で真意を確かめたのだが、洋一郎の答えはただベトナムへ行って、本場のフォーを食べてみたいというものだった。

果たして二人がやって来たのは九月も半ば、ベトナムは中秋節を控えて町にはそわそわとしたムードが漂い始めた頃だった。ホーチミン市の一区、サイゴン川沿いにそびえ立つ高級ホテルに三連泊するという、すべてがフリープランのツアーだった。

着いた日の夕方、拓真は両親が泊まるそのホテルにティエンと共に訪れた。どうして彼女を伴って行くことになったのかについては、拓真本人にもよく説明のつかないところがあったのだが、要は彼女がそれを強く望んだので、としか言いようがないものだった。

もとはと言うと、ティエンに父の洋一郎も俳句をやっていると言っていたのがきっかけで、今回来ることが決まった時点で彼女にそれを伝えると、どうしても会わせて欲しいという流れになったのだ。

洋一郎は六十一歳になっていたが、六十を超えてからは再雇用制度で、そのまま同じ会社で働いていた。彼はふだんから会社でのことをほとんど何も話さなかったし、拓真にしてもどんな仕事をしているのか訊いたことがなかった。地方公務員でもないのに一度も引っ越すような大きな転勤はなかったし、夜遅く帰ることもなく、こんなサラリーマンが世の中に存在するのかと疑うような生活ぶりだった。

拓真は両親に、ティエンを連れて行くことを告げていなかった。

日曜日の夕方約束していた五時に、ホテル一階にあるロビーで二人を見付けた洋一郎と美智子は、共にぽかんと言葉を失ったように突っ立っていた。

「お前、真っ黒になったなぁ、現地の人かと思たわ」

洋一郎が第一声を放った。母親の美智子は、拓真の隣にちょこんと立っているティエンを目の前にして、どう話の糸口を見付けたらよいのかといった表情を浮かべている。

「あっ、この子、一応、教え子のティエンさん」

拓真は彼女を紹介した。彼は今まで〝教え子〟という言葉を使ったことがなく憚られたのだが、それが二人の関係を表すのに最も分かりやすい言葉だったので、仕方なくそう言った。

ティエンはいつもの調子で「はじめまして。私はティエンと申します。沢田先生にはいつも何かとお世話になっています」と快活に挨拶した。

「まぁ、こんな上手に……。拓真が教えたの？」と美智子が二人を交互に見て、心底驚いたような顔をしたので、二人はそこで初めて笑った。

「この人は、お母さんが日本の方で、まぁ言うたらハーフなんや」と拓真が説明した。

「ああ、そういうことですか……驚きました。そう言われたら日本人て言われても分かれへんよねぇ」と美智子が応じた。

「ちょっとエキゾチックな日本人てとこやなぁ」と洋一郎がいつもの調子で、思ったことをそのまま口にした。

「そやけど、こんなベッピンさんと一緒やなんて、どないしたんや、拓真。お母さんやないけどびっくりしたで」

それにはティエンが「すみません、突然で驚かれたでしょうね。実は私が先生に無理を言って、連れて来てもらったんです」と弁明をした。

「いやぁ、あのちょっと親父にな、俳句のことを訊きたいて言うことで、今日は連れて来たんや」

「俳句？」

洋一郎は、いったい何のこっちゃと言わんばかりにその語を繰り返した。

「そうやねん、このティエンさんは、もう少ししたら日本へ行く予定なんやけど、神戸にな。行ったらむこうで毎日俳句を作るって言いだして……。それで今日はなんか聞けたらええかなぁて思って、一緒に来たんやわ」

「まぁ、とにかくどこか座りましょう」と美智子が言って、やっと四人は一階にあった喫茶コーナーへと向かった。

ロビーはあくまでも広々としていた。天井はなぜこんなにも高くする必要があるのかと思うぐらいにあって、その所々にステンドグラスの装飾が施されていた。絨毯は萌黄色に統一されていて、歩くたびにフカフカと音が聞こえそうだった。

喫茶室の深々としたソファーに身を預けると、お互いの距離が随分遠くなった気がして、身を乗り出すように座り直さなければならなかった。

飲み物を注文すると美智子が言った。

「まぁでも元気そうでよかったわ。それにこんな立派な教え子さんと一緒やなんて、結構ちゃんとやってるんやね」

「うん、まぁ四月に空港へ着いた時は、あんまり暑かったんで一瞬めまいがして、えらいとこ来てしもたなぁて思たけど、今は何とかやれてる」

「まぁ、住めば都って言うこっちゃな」と洋一郎がいつもの癖で、話にオチをつけた。

拓真の話は、今まで電話で伝えてきたことの繰り返しになったが、とにかく今はベトナムへやって来てよかったと、心底そう思っていることを強調した。ただいつまでも続くこの暑さと食べ物のことを考えた時は、やはり日本が恋しくなることも打ち明けた。

「せやけど、さっきはホンマにびっくりしたで。お前てっきり彼女ができて紹介してくれるんかと思たわ」

洋一郎がそう言うと、美智子もすぐに同調した。

「私も。同じ学校で教えてはる日本人の先生かなって。でもそれにしたらえらい若いみたいやし……。ちょっと言うといてくれたら、こんなにびっくりせんで済んだのに」

「ごめん、ごめん、急に決まったもんやから。生徒とはそれこそいっぱい知り合いになって、週末なんか遊んでもらってるんやけど。このティエンさんは何ていうか、一番最初に受け持ったクラスの生徒で、何て言うんか……」

「つまり特別ちゅうことか」と、洋一郎がまた突っ込んだ。

「そうです。沢田先生は特別なんです」

ティエンがこのタイミングで言ったので、洋一郎と美智子はお互いの顔をゆっくり見合わせた。そして洋一郎はにわかに話題を変えた。

「ところで、何で俳句なんですか？」

「はい、実は母に勧められたんです。日本へ行ったらまた俳句を作ってごらんなさいって。小さい頃に少しだけやっていたものですから」

「へぇー、お母さんがねぇ」と美智子が言った。

「はい、母は今も神戸にいる私の祖母に俳句を教えられたんですが、私も小さかった頃に、母に教えてもらいながら作っていました。もちろん子供の遊びみたいなものですが……」

「そうでしたか。でもどうして日本へ行ったら、俳句を作るようにお母さんが勧めるのか、ティエンさんにはその理由が分かりますか？」

洋一郎が、いつになく真面目な口調で尋ねた。

「はい、特にはっきりしたことを母は言いませんが、いろんなことがあった時でも、俳句を作っていると元気になれるって言うか、まわりを見る余裕が生まれるのかなぁって思います。人間だけじゃなく、いろんなものを見る余裕ですかね」

「この人、機嫌が悪い時は全然俳句を作りませんけどね。ほんまですよ」

美智子が身を乗り出してそう言った。でもその言い方が面白かったので、二人は笑った。

当の洋一郎も苦笑している。それでも彼は自らに言い聞かせるように言った。

「ほんまやなー、しんどい時は句は作りたくないもんですよ。それでもそんな時やからこそ作ってみるんです。まぁ家の中よりできたら外に出て、身近なものに目を向けてみるんです。耳を傾けてみるんです。空見上げてみてもええし、木の葉は揺れているかどうか、鳥の声も聞こえてくるかもしれませんね、花もそれこそ咲いているでしょう。足元を見たら蟻がおるかもしれん。地べた這う蟻一匹を見ていても、句になるもんですよ。あれっ、今ので一句できたんとちゃうか……」

ティエンは「はい！　蟻は夏の季語でしたね」と答えた。

洋一郎は目を細めるようにティエンを見つめた。そして続けた。

「その気になって、俳句をこしらえる気になってじっと見ていると、ふだんは眠っている感情が、なんか知らん自分の分身みたいに湧き上がってくるんです。その自然と浮かんだ言葉を並べてみると五、七、五の詩に置き換わってくれる。そこには違う自分がいるんかな。ほんのついさっきまでとは違っている自分に出会えるんです」

「とても素晴らしいことだと思います。すぐにでもやってみたくなりました」

「そうですか、よかったです。句が一つできると何か救われた気分になりますね。いい気分になるんです。まぁもっとも、あとで見たら何でこんなしょーもない句を作ったんやろて、だいたいは思うんですがね」と洋一郎が笑った。

「たぶん母もそんなことを思って、言ってくれてるんだと思います。それに俳句は本当に日本語のことを、言葉一つにしても、その成り立ちをちゃんと分かっていなければ作れないし、文法も難しいから日本語の勉強にもなると思います。あと日本にはほんとにいろいろな言葉があるから、もうどれが一番その句に合っているのか迷いますね」

「そうです、そうですね。それはティエンさんの言う通りです。だから何度も何度も考えるんです。つまり推敲するんです。その句に一番いい言葉を見付けてあげて、語順も考えないといけないし、それに『てにをは』一つで、句は全然違ってきますからね」

「だから、それができるように、ちゃんと俳句が作れるぐらい日本語を勉強し、理解するという目標ができるんですかね」

「ティエンちゃんは、しっかりしてるんやねぇー。失礼ですけど、今、おいくつですか?」と美智子が訊いた。

「今、十八歳です」

「まぁ、十八歳! 若いわねー。拓真とは十以上離れてるんや……」

美智子はしみじみとした調子で言った。

「拓真、どっちが先生か分かれへんなぁー。日本語もこんなに上手やし……」

彼はもう苦笑いするしかなかった。

「確かに彼女はベトナム語もネイティブなわけやから、ベトナム人に日本語教えるんやったら、この俺よりもはるかに上手に教えられるはずやわ」

「バイリンガルって凄いことなんやね」と美智子が言った。

「とにかくこの子が神戸に行ったら、俳句のことは親父に任せまっさ。よろしくお願いします。ラインかなんかで友達になって……」

「よっしゃ、任しといてんか。て言うても、よう教えられるかどうか分からへんけど、こっちもウソ教えんように本気で勉強しときますわ。今まで以上に張り合いができるっちゅうもんや」

ティエンは改めて「よろしくお願いします」と言って深々と頭を下げた。

洋一郎と美智子は、この夜も含め三泊して大阪へ帰った。昼は市内観光をしたり、メコン川のクルーズツアーに参加したりして、束の間の海外旅行を楽しんだ。三日目の夕方には拓真のホテルも訪れた。彼らにしても初見であったホーチミンは、すべてがいい思い出になったに違いないが、我が子が見知らぬ土地で日々を存分に生きていることに、大きな安堵と満足を覚えたに違いなかった。

拓真の方でもそれとよく似た感情が芽生えていた。この二人が思った以上に仲がよかったことだ。そんなことを以前は考えもしなかったのだが、こうして本場のフォーが食べたいと言ってベトナムにやって来て、お互いがお互いの杖のようになっている二人を見て、彼は自らの両親を何か誇らしいものに思い、また同時にうらやましくも感じたのだった。

帰国する際、空港まで見送りに行った拓真に、美智子は元気でやっているのを見て安心したと改めて告げた。そして洋一郎は、ティエンの快活さとそれに裏打ちされた美貌をしきりに誉め、日本での面倒を請け合ってくれた。それには美智子も大いに同意して、大阪の家に時々ご飯を食べに来るよう、誘ってみると言ってくれた。

別れ際に美智子が訊いてきた。

「ティエンちゃん、ほんまにええ子やね、ひょっとしてあんた結婚とか考えてるの？」

拓真は、それは彼女にとってはちょっと早過ぎる話だし、自分にしても、あくまで多くいる教え子の一人であることを強調した。

「うちは女の子がおらんかったから、あんな子が娘になってくれたらええんやけどなー」

洋一郎も、本心と思える感情を吐露したのだった。

拓真はそんな二人の気持ちが嬉しかった。そして改めて日本を離れ、ベトナムへやって来てよかったと思った。タンソンニャット空港のエントランスロビーの二階にあるカフェテラスで、ひとしきり三人で話をして席を立って出ようとした時、ふと真由美のことを思った。

関空行きのベトナム航空機は夜遅くに飛び立つので、早めに搭乗口で二人を見送った拓真は、空港のＷｉ－Ｆｉを使って真由美にメールを送ってみた。今まで週に何度かメールを送るか、それからの通話になったりしながら、お互いの近況を交換し合っていた彼女だが、拓真のベトナムでの生活が長くなるにつれてその回数は減り、また一回のやりとりも短くなって、ともすれば最近は形だけのものになりつつあった。

まだ拓真が高校生だった頃の国語の教科書に、「かたちの距離は、こころの距離だ」という一文があったのを、彼はこの時また思い出した。

メールに返信はなくタクシーを拾って帰ろうとした時、スマホの呼び出し音が鳴った。真由美からだった。彼女からだと分かりながら「アロー」と呼びかけた拓真に、

「何がアローやねん、ところでご両親、ちゃんと帰りはったん？」

「うん、ちょっと前に見送ったばっかりや。機嫌よう帰ったわ。何かちょっと親孝行できたような気分かな」

「そう、それはよかったやん。よう知らんけど、あんた親に心配かけ通しやったんとちゃ

うの」

拓真は真由美には、ふだん家のことなどほとんど話したことがなかったのに、と思いながら聞いていた。

「大学も現役で入ったし、四年で卒業できたし、そういう意味ではあんまり心配はかけてないと思うんやけど。確かにこの何年かはフリーターやったから、そこはちょっとそうかもしれんけど……」

「まぁでも拓真は、自分でも気ぃ付かんうちに人のこと傷つけたりしてるかもしれへんで」

彼女はそう言ってから、思いがけない一言を口にした。

「私、結婚するかもしれへん……」

「結婚って誰が？」

「せやから、私やん。相手は拓真と違うよ」と言って、真由美は笑ってみせた。拓真もおかしくもないのに合わせて笑った。そして心の中ではやっぱりそうかと思う気持ちが湧き上がってきて、身体を流れる血全部が薄まったような気になった。

「関西支社の高田さん、知ってるやろ？」

真由美がその名を言った。店舗にはそんなに頻繁に顔を出すことはなかったが、関西全域を統括するマネージャーで、なぜだかバツイチということだけは拓真も知っていた。もう四十は超えているようだが、いつもこざっぱりとしていて実年齢より若く見えた。社員と話しているところも何度か見かけたが、その話し方には実直な人柄が感じられた。

「なんか、そういうことになってきて、彼バツイチなんやけど、子どもはいてはれへんのよ。拓真も見て知ってると思うけど、あの人って口数もどっちかて言うと少ないし、おとなしい人なんやけど、とにかくむっちゃプロポーズされてしもて……。なんで私なんやろって思ってんけど……」

拓真はあの真面目を絵に描いたような高田が、なぜ真由美のことを好きになったのか、再び結婚する気になったのか、なんとなく分かる気がした。〝似た者夫婦〟というのがあるとすれば二人はそうではなく、あらゆる点でお互いがお互いの足らずを補完し合えるような関係に見えた。それでいて奥の深いところでは、同じような色合いの何かでつながっているようにも思えた。

拓真も少し高田と似ているところがあったかもしれないが、拓真の場合、多くは一方的に、真由美からもらってばかりいたと言える。

「そうなんや、それで受けたん？」

「うん……」

そう言って彼女は、拓真が何か言うのを待っていたようだったが話を続けた。

「やっとこの間返事した。実はちょっと前にむこうのご両親にも紹介されて、お二人ともいい人でね、丹波の方にいてはるんやけど。よろしくお願いします……とか言われて頭まで下げてもらって。もちろん会いに行く時から、その覚悟はできてたんやけどね」

「そう、よかったやん。今聞いたばっかりやけど、ええ話やと思うわ。ふたり何かよう合うてると思うわ」

「ほんまに思てる？」

「思ってるよ、ほんまに。で、真由美のとこのご両親は？」

「まったくおんなじや。丹波へ行ってからうちにも来てもらったんやけど、おんなじように、よろしくお願いしますて言うて、二人とも頭深々と下げて」

真由美は面白そうに言った。

「へぇー、ええ話やん」

「ほんまに思ってる？」

「せやから、ほんまやて……」

それで話すことがなくなって、しばらく二人は黙ったが、やがて真由美がこう言った。

「拓真ちゃん、逃がした魚は大きかったでぇ」

それには何とも返せなかった拓真だったが、最後にこう訊いてみた。

「それで、柴田真由美さんは高田さんのどこがよかったん?」

「そうやなー、やっぱり何やろ、私のことすごく大事に思ってくれてるとこかな」

「それで、どこが好きになったん?」

「そやから、思いやりやわ、やっぱり……」

「そうなんや」と言ってから、拓真はなんでそんなこと訊いてしまったのか、自分が救いようのないアホみたいに思えてきて、もうそれ以上何も言えなくなった。

「じゃ……」と一方が言って「じゃあ、ありがとう」ともう一方が言って、電源は切れた。

タクシーで自分の部屋に戻り、その夜拓真は逃がした魚のことを思い、答えの出ない自問自答を何度も何度も繰り返した。

その後の毎日は、とてつもない速さで過ぎ去っていった。もっとも一日が過ぎるのはあっという間でも、過ぎ去った後にはしっかりとした痕跡が、その日その日で残されていた。それは子供の頃の時の流れに似ているのかもしれない。後先など考えず、その日その時を一心に生きていた小さかった頃は、いくら一日が早く過ぎ去ったとしても、新しい一年がやってくるのには、たっぷりとした時間が用意されていたものだ。

また日本語の先生としては、学校で教えるだけでなく、新たに企業に出向いて教えるクラスも受け持つようになった。拓真と同じぐらいの年齢の人たちや、それよりもうんと年上の生徒もいる中で、時にまた「あいうえお」から始めた。同じようにベトナム人先生とペアを組んでの授業だが、彼らはそれまで拓真が相手をしてきた学生たちとは、まったく違う人種だった。

概ね社会人クラスの彼らは、若い連中にしても人として拓真より老成していた。富士アカデミーで相手をしてきた、ちょっとしたことで面白がる生徒たちからのその変化が、いつ何をきっかけにして生じるのか、それはまるでマジックを見る思いだった。そしてそんなクラスに入ると自分が異邦人であるということを、嫌でも感じないわけにはいかなかった。

そして同時にベトナム人と日本人という絶対的な違いこそ存在するものの、同じ人間として何一つ変わりがないことにも思い至るのだった。人は面白い時には笑うし、やさしくすればやさしさを返してくれる。生徒の中にも相性が合う者と合わない者がいたが、それでも一度心を全開にして話を聞くと、そこには必ず共感が生まれ、互いの目の高さは同じになった。授業が終わると一秒でも早く教室を出なくては損だと考える者もいれば、とてもいい質問を投げかけてくる勉強熱心なおじさんもいた。そして言葉を教えるのが生業の先生にあっては、実に妙な気付きなのかもしれないが、本当に大切なことは言葉だけでは伝わらないことも、今更のように知った。

そんな十一月に入ったある日、拓真はハイ先生とアン先生の三人で、学校が終わってから食事に行く機会があった。二区の方に新しく焼肉レストランができたとかで、アンが聞きつけて来たのをまずハイに話し、それじゃと三人で行くことになったのだ。

この頃にはアンも一年間という条件付きで、神戸市内の日本語学校へ留学が決まっていた。富士アカデミーには、日本での語学留学を斡旋するセクションもあり、彼女はそれをうまく利用したというわけだ。もっともこれはハイに言わせると、上手に話に乗せられたということになるのだが、ともかくも彼女の夢は現実のものになろうとしていた。

そのハイも翌年の三月で一旦学校を辞め、四月からは金沢にある技能実習生の管理組合への就職が決まっていた。彼はインターネットを通じてこの内定を手にしたのだが、これもアンに言わせると、自力だけではなく東村の後押しがあったればこそというものだった。もっともアンの日本行きは、フィアンセがまだよく思っていないとかで、彼女はそのことを、切実なる乙女の嘆きとして周囲にも漏らしているようだった。


着いてみるとそこはレストランと言うより、日本の昔ながらの焼肉店のような風情で、そう広くもない店内には肉を焼く煙が立ち込めていた。ベトナムではふだんあまり食べることのない牛肉を主なメニューにした店だったが、鶏肉やこちらでは割とポピュラーなヤギの肉も置かれていて、アンがそのメニュー表を見て言った。

「沢田先生は、ヤギの肉は大丈夫ですか?」

「うーん、食べたことあったかなぁ……。羊じゃなくてヤギでしょう?」

「たぶんないかなぁー、じゃ食べてみてね」とハイが言って注文した。

「それから犬の肉も大丈夫かな？」

「それは食べないよ、日本人は食べられないよ」

「そうか、ごめんなさいね。それはメニューになかったね」と言って、ハイは笑った。

「私も犬の肉は食べたことがありませんよ。時々食べている人がいますけど……。だってかわいそうでしょう」

アンがかわいそうを強調して言った。

「ところでお兄ちゃん、ティエンちゃんは元気にしているの？」とハイが訊いた。もうすっかり拓真への「お兄ちゃん」は定着していた。

「うん、元気元気。クラス長をしているんだって、彼女。見てみたいもんだね」

「へぇー、あの子らしいですね。日本語で分からないところは、みんな先生じゃなくてティエンさんが教えてくれますね。そのクラスはラッキーかな。時々会っているんですか？」

「うん、まぁ時々、夜の九時からの外出時間に喫茶店とかで。でもあの子、だいたいいつもクラスメイトを連れて来るんですよ」

「あらっ先生、本当は二人だけで会いたいんでしょう」とアンが冷やかした。拓真はそれにはただ笑って、ハイから聞いていた例の問題を尋ねてみた。

「それはそうと、アン先生の方はどうですか。彼はもう日本へ行くことに、うんと言ってくれましたか？」

アンはやはりと言うべきなのか、急に真顔になった。

「それで先生、先生は私の彼に会ってくれませんか？」

そして話は意外な方向へと転がりだした。

「あれっ、これって……また保証人ということですか？」と拓真が言った。

「人気があるね、お兄ちゃんは。いやいや、これは信用かな」

「でも僕で大丈夫なの？　僕だってまだ独身なんだし、彼が余計に心配するような気もするんだけどね。だって彼は気が小さいんでしょう？」

「はい、そうですが……それはたぶん大丈夫です。そういうところは信用してくれていますから、彼は私のことを……」

「へぇー」とハイが両手を上げて、大げさに驚いてみせた。

「じゃ僕は、何の保証人だろう。アン先生の彼は何をそんなに心配しているのかな。普通だったら、離れ離れになると心変わりって言うか、そういうことが心配になるんじゃないのかな……」

「あとはお金のことも心配かな。アルバイトはするだろうけどね」とハイが言った。

「それはもういろいろあるかもしれませんけど、ベトナムの女の人が日本へ行くのは大変なことですよ。しかも一年も生活するって。先生みたいに、日本人がこっちへやって来るほど簡単じゃないと思います」

「一人でも知り合いがいると、きっと安心するかな。私の奥さんは沢田先生がいるから安心だよ。ものすごくね」とハイが言った。

「ハイ先生の言うことはいいですね。それは本当のことです」とアンも大きく頷いた。

「でもぼくが来年中に日本へ帰るかどうか、それは分からないですよ。今はまだ半分半分ぐらいです」

「それでも構いません。今は電話やビデオ通話も簡単にできてお金もかかりませんね。困った時はいつでも相談できるでしょう。彼はそういう人がいるだけで安心なんです。日本人はちょっと怖いでしょう？」

「そうかな……日本人は怖いですか。僕からしたらベトナム人の方が、うんと怖いと思うけどな……。ごめんなさい、これは冗談です」

「お兄ちゃん、実は私も日本へ行くのがちょっと怖い。日本は安全な国だということ、それは知っているけれど、とてもだんだん怖いよ」

「だから、アン先生の彼の気持ちがよく分かる？」

「それはもちろんだよ。だからお兄ちゃんが保証人になるのが一番いいかな」

――それにしても、どうしてこんなにもよく相談事を持ち掛けられるようになったのだろう。

拓真は考えた。

――今まで三十年ほど生きてきて、人からそんなこと一つもなかったのに、これも教師という職業のせいだろうか、それとも日本人というのが大きなポイントなのだろうか。つまり、日本人の日本語教師は、ベトナムで人から相談を受けやすい人種になるのかもしれなかった。

ヤギの肉は特段臭みもなく、言われなければ分からなかった。

「ところでお兄ちゃんは、日本へ帰っても日本語の先生を続けますか？」

拓真はそのことに関して、ほとんど何も考えずにこれまでやってきた。ここは言うなれば竜宮城だったのだ。そんなことは帰ってからか、その直前で充分だと思っていた。

「これから先、ベトナムからもっともっと多くの留学生が日本へ行きますよ。日本語の先生はたくさん必要ですね」とアンが言った。

「でもね、実際のところはね、日本語の先生って案外知られていないみたいなんです、日本ではね。私もそんな仕事があるって、つい最近まで知らなかったぐらいだから」

「でも学校はたくさんあるでしょう？　私は大阪でも神戸でも調べましたが、たくさんありますよ。両方で五十ぐらいかな、もっとあるかもしれません」

「そうですね、たくさんあるみたいだし、これからもっと増えるかもしれませんね。でも先生の待遇というか給料は、富士アカデミーのように月給制じゃないと思います」

「じゃ毎日お金をくれるのかな？　それはいいね」とハイが言った。

「そうじゃなくて、ほとんどの先生は非常勤講師と言って、いわばアルバイトみたいなんです。時給って分かりますか？　ひとコマ教えていくらってお金をもらうんです。それに毎日授業に入れるわけじゃないみたいです。そこで何年か実績を積んだら常勤講師、つまり月給制の正社員になれるみたいですが、みんながなれるわけじゃないし、そこまではとても大変みたいです」

「日本人は、どうして何でもそんなに物事を大変に作るかな」

ハイが冗談ともなんとも取れない感想を漏らした。

拓真は何度か、吉田先生から聞かされていた日本の〝日本語学校事情〟といったことを思い出した。

「本当にそうかもしれないね。もうずっとベトナムにいようかな……」

ふだんあまり口にすることのなかった牛肉と、初物になるヤギの肉を食べてお腹はいっぱいになったが、まだまだ話し足りなかったので三人はお茶をしに行くことになった。アンがまたしても、近くにいい喫茶店があると提案してくれたのだ。

ベトナムは本当に喫茶店の多いところで、至る所に大小さまざまあり、家のちょっとした空きスペースでやっているようなところから、大きな駐車場まで備えたホテルみたいなところまで、それはおそらく、日本のコンビニ以上の数が点在していた。


着いたのはお城みたいな方の喫茶店だった。席に着いて改めて、この三人で行動を共にするのは今日が初めてだったことに気が付いた。拓真は二人ともそのクラスの生徒を交えて休みの日に会うことも多かったが、ハイとアンは職員室以外で会うことなど今までなかったのではないだろうか。職員室ならお互いベトナム語で話すのに、今日はさっきからずっと日本語で通していた。

「そういえば、二人が日本語で話すことって珍しいんじゃない？」

「それは珍しいんじゃないよ。全然なかったことだよ」とハイが言った。

「私も今日はなんか変な感じです。ハイ先生と日本語で話しているなんて……」

「アンちゃんの日本語はとても聞きやすいかな。日本人みたいですよ。ねぇ沢田先生、そう思いませんか？」

「確かにそうですね、声もきれいだしね」と拓真が言った。

「まぁ先生、どうもありがとうございます。私は自信がつきました」

ハイは話を変えたかったのか、アンに日本へ行くその目的を尋ねた。

「アンちゃんは、あぁ今日はさっきからずっとアンちゃんだね。どうして日本へ行きたいと思うようになりましたか？」

「それはみんな考えますよ。ハイさんだってそうでしょう？　ハイさんこそ家族がいるのにどうしてですか？」

「そうか、そうなったか。私はもう沢田先生に話したけど、将来、翻訳の仕事をしたいから日本へ行ってその準備をしたいと思いましたよ。だから日本へ行ったら是非N1を取りたいですよ」

「私もまずN2に合格することが目標です」

二人が話したN1とかN2とは「日本語能力検定試験」という日本や世界の各地で年二回行われる試験のレベルのことで、一番簡単なN5から外国人には難関のN1まであった。日本の英検を考えると分かりやすいかもしれないが、彼ら日本語学習者にとってこの試験の存在は、勉学上のよきモチベーションになっていた。

「あの学校には女の先生がたくさんいますけど、みんな日本へ行きたいと思っていますよ。だって日本語の先生ですからね。でもそれは簡単じゃない。今までもっと簡単じゃなかった。でも今は少し行きやすくなったでしょう。でも結婚すると無理になりますよ」

アンは語気を強めた。

「でもやっぱり日本へ行きたいは、あこがれかな」とハイが言った。

「そうですね、みんな日本のことが好きで、それで日本語の先生になった人たちばかりですからね」

ハイは小さい頃から、毎日のように日本製のゲームをしたり、漫画を読んだりしていたことを、面白おかしく語った。

「日本へ行ったら桜も見たいし、雪も見たい。富士山にも登ってみたいし、東京タワーも行きたい。京都へ行って着物を着たいし、大阪のたこ焼きやお好み焼きも食べてみたい。それからそれからもっともっとたくさんありますよ。私はまだ電車に乗ったことがありませんから、新幹線や地下鉄にも乗ってみたいです」とアンは一気にそう続けた。

拓真は果たしてこの二人にとって、日本が竜宮になり得るのだろうかと思った。それでも彼らがベトナム・ドンの数倍も価値のある日本の円を手にし、ホーチミンにいては決して享受することのない四季のある生活に馴染んだ時、それはそれでまた違った意味でのユートピアになるのかもしれないとも考えた。

「でもまずN2に合格することだね」

そのハイの言葉に「そうです」とアンが応えた。二人は日本語の教師をしているが、お互いまだN3までしか持っていなかった。

「私は聴解が苦手だから、日本へ行ったらもっといい耳にしたいです」

「アン先生は、舌はいいけど、えっとそれは滑らかかな。でも耳が悪いか？　じゃ沢田先生といっぱい喋るのがいいかな」

「ハイ先生は、読解も聴解も得意でしょう？　漢字もそれに語彙もたくさん知っているし」

「いやいや、それはやっぱり沢田先生が一番かな」とハイが言ったので、三人はひとしききり大笑いした。

「僕はね、こっちに来る時ベトナム語の本を買って持ってきたんだけど、最初の頃はもう日本語を教えるのに精一杯で、今までベトナム語を話せずにいたんだけど、そろそろ勉強しなくちゃいけないのかな」

拓真は常日頃思っていたことを言葉にした。

「お兄ちゃん、いつでも教えてあげるよ。私はベトナム語の先生じゃないけど、結構だいたい上手に話せるからね。それにベトナム語が話せたら、そう東村さんみたいにね、いろんな仕事ができるようになるよ。お金もたくさん……かな」とハイが言った。

「そうですよ。ベトナム語は発音が難しいかもしれないけど、漢字がないから日本語より簡単だと思いますよ。初めだけちょっと頑張ってくださいね」とアンもそれに続いた。

「でもやっぱり、お兄ちゃんはティエンちゃんに教えてもらうのが一番いいかな?」

「そうでしたね。それがやっぱり一番の早い道ですよ」

そうアンが言ってから「ところで沢田先生は、いつまでホーチミンにいますか? あれっ、これはいつか訊きましたか?」とアンが言うと、ハイがそれを受けて言った。

「だいたい日本人の先生は、長くても二年かな。今まで何人も見てきたけれど、それはどうしてかな。時々ベトナムの人と結婚して長く住む人もいるけどね。今のインテコの先生も三人結婚していますよ。それで学校の近くに住んでいます」

拓真もその三人とは面識があり、彼らの給料がベトナム人教師の倍以上あることも聞かされていた。そしてそれぞれ子供もいて、すっかりベトナム人のようになっていたが、その将来については知るよしもなかった。

「そうだなー、これはもう何度も答えた質問だけど、一年ともう少しはこっちにいようと思っています。でもその先はまだ考えていません。でもね、やっぱり日本の食べ物が懐かしくなるのと、あとはここにいると夏しかないことかな。これも何回も言ってきたかな……。でもこれはだんだん辛くなる。しんどくなってきますよ。だってもうクリスマスソングが流れているでしょう?」

「そうかなー、シンドイは大阪の言葉だね、でもそんなにシンドイかなー。暑くてもどこでも今はクーラーがあるでしょう。大丈夫だけどね」

ハイはまるで同感できない様子だった。これにはアンも、まったくそうだと言うように聞いていた。

「じゃぁ、みんなで日本へ行って桜を見ればいいかなぁ。暑いも寒いもきっとないでしょう、桜の時はね」

そうハイが言うと、アンもまた大きく頷いた。

「ティエンちゃんもその頃は、きっと神戸に行ってるね」とハイが拓真の顔をじっと見て言った。

「私は神戸で、ティエンちゃんに会って時々日本語で話しますね。そして宿題を教えてもらいますよ。分からないところは、ベトナム語でね」

そうアンも笑ってみせた。

拓真はティエンのことを思った。そして自分も日本に帰ったら俳句を始めてみようかと考えた。日々を生きた証として、そして彼女と、また洋一郎との間に共通の話題を設けるためにも。

夜が更けても話が尽きることはなかった。三人は時間を忘れていつまでも将来のことについて、その夢を語り続けていた。

冬

mùa đông

年も暮れ、ホーチミンの街は新しい年を迎えた。もっとも新年とは言え、お正月ならではの改まった気分は感じられない。元日だけがお休みになる年の初めをやり過ごし、いよいよこの国の本来のお正月であるテト（旧正月）を間近に控えたある日の午後、拓真は東村から話があると言われて彼の部屋へ出向いた。

そこは一階にある受付の奥の一角をパーテーションで囲っただけのブースなのだが、足を踏み入れたのはこの時が初めてだった。いつもは通りがかりに眺めるだけのその中は、小さなデスクに一台のノートパソコンと、卓上カレンダーが置かれているだけの至って慎ましやかな色のない空間だった。

東村は前置きもなく、開口一番こう言った。

「実は沢田先生、先生にミャンマーへ行ってもらえないかと思いまして……。かつて首都だったヤンゴンです」

拓真はいきなりの提案にその意味が解せず、ただ一言「ヤンゴンですか?」と訊き返すのがやっとだった。

「はい、ヤンゴンです。うちの系列が一年ほど前からミャンマーへも開拓というか、技能実習生の幅広い採用を見越して進出しているんです」

東村の話は、拓真がまったく知らずにいたことだった。

「沢田先生は、ご存じなかったですかね? こういったお話は」

「はい、本当に……」と短く答えた彼の心のうちは、突然のスコールに見舞われたように動揺していた。

「いやいや、いきなりでびっくりされるのもごもっともですが、先遣隊として現地に入っていた芳野先生という方が、急に具合が悪くなりましてね」

拓真はその名前を、昨日、野口先生がタオ先生との会話の中で口にしていたことを思い出した。

「沢田先生の少し後に、去年の六月頃でしたか、大阪で私が面接をして送り込んだんですが、もう帰りたいと言い始めましてね。家庭の事情ということなんですが……」

「その方は、男性なんですか？」

「はい、先生よりまだ若い独身の男の人です。国内で少しだけですが先生の経験をお持ちで、二年か三年やってくれるものと踏んでいたのですが」

東村は淡々と話したが、そこには何かしら切迫したものが感じられた。

「もっとも芳野先生には、なんとかこの三月までは続けてもらうことにはなっているんです」

「とおっしゃると、私は四月から向こうへ、ということですか？」

「はい、まぁでも引き継ぎもあると思うので、三月の末ぐらいで考えてくださると大変助かるのですが」

「でも、どうして私なんですか？」

拓真はごく自然に湧いた、〝なぜ〟をぶつけてみた。

「そうですね、沢田先生はもうすぐ一年になりますね、ホーチミンに来られて」

「はい、去年の四月からですから」

「ええ、よく覚えています。暑い日でしたね、あの日は特別。本当に早いものです。私もふだんは遠くからですが、先生のことは拝見させてもらっています。先生ならヤンゴンで、現地の先生方も含めた日本語教師全体のリーダーとして、やっていただけるものと考えます。それと先生は、生徒からの人望も厚いといったことも承知しています。これはあまりご存じないかと思いますが、学校では無作為にアンケートも取っていますので……」

「どなたか他に、もうお声がけなどは？」

「いいえ、していません。女性の方はどなたも首を縦に振っていただけないでしょうし、第一このタスクに適した方もいらっしゃいません」

「そうですか」とだけ言って、拓真は東村の背後に貼ってある大きな世界地図を見た。そこはベトナムから地続きだった。間にカンボジアとタイがありミャンマーに至るのだが、その向こうはもうバングラデシュ、そしてインドへと続いている。

「ヤンゴンはいいところですよ。今は世情もまぁ安定していますし、物価は安く、人の心根といったものも、この辺りよりもっと穏やかな気がします」

彼は軽くミャンマーのプレゼンを始めた。

「私はこのベトナムでさえ、あともう一年やれるかどうかと思っていたんですが……」

「そうでしょうね、それはお察しします。私なんかはもう行ったり来たりですが、ずっとこちらにいると言葉は悪いが、のんべんだらりになってしまうかもしれませんね」

拓真にも思い当たる節がないわけではなく、自然に「そうですね」と答えていた。

「だからこそ、もう一年か二年、目先を変えて新しい環境でやってみてはいかがでしょう。向こうはまだここみたいには、何一つ完成していないんです。一からシステムを作り上げてゆく楽しさもあるでしょうし、日本語教師の履歴といったものにも、箔がつくんじゃないでしょうか。きっといい経験になると私は思いますよ」

拓真はふと、初めてホーチミンへやって来た時のことを思い返していた。空港からすぐ車に乗せられて後部座席から見た街の様子や、それを食い入るように眺めていた自分自身のことを。そして今はもうこの町の住人のようになり、これと言って何不自由を感じない中で、ベトナムの生活に馴染んでしまっている自分を。それは裏を返せば、新鮮な刺激がなくなったということを、新たな感動や驚きから遠ざかってしまっていることを意味していた。

「今、向こうの学校には、日本人の先生は芳野先生お一人ですが、沢田先生が行ってくだされば、もう一名新たに配置しようと考えています」

「そうですか。それでやっぱりその学校は、日本での技能実習を希望する人がほとんどということになるんでしょうか？」

「はい、今は全員がそうです。まぁ将来はこの富士アカデミーのように、日本語を勉強したいという人は、誰でも受け入れるような学校にしたいと思っています」

東村はその後も「ヤンゴン富士アカデミー」の立地のよさや街の様子などを、ホーチミンとの対比を交え話を続けた。そしてこのベトナムへやって来た時のことをもう一度思い出して、新天地でまずは一年何とか頑張ってもらえないかと、彼の背中を押した。

拓真は、少しだけ考えさせてくれるよう答えた。東村はそれは当然だと言って、回転いすから立ち上がり、そして「期待しています」と付け加え握手を求めた。拓真はそれに応じた。

この時彼の気持ちは、すでに決まっていたと言える。

職員室に戻るとハイが授業を終え席にいて、周囲から東村とのことを聞いたらしく、何事かと話をせっついた。

拓真は隠すことなく、あったことをそのまま話すと、ハイはそれでどうするのかとその答えをまた急き立てたが、今はまだ分からないとだけ彼は答えた。

するとハイは、もうしばらくしてテトに入ったら、学校は十日間ほど休みになるので、是非、彼の田舎であるドンナイへ一緒に行こうと誘ってくれた。拓真はこの申し出には、すぐに「ありがとう」と答えを出した。

十月から本格的に始まった「インテコ」での訓練を、ティエンは一月の中頃にほぼ終えていた。行き先である神戸の企業の最終選抜にも合格となり、あとは出発の日を待つばかりになっていた。

拓真はヤンゴンへ行く話を、ティエンの日本行きが決まるまで伏せてはいたが、それが本決まりになるのを知って、彼女に打ち明けようと考えた。

まだ寮生活していた彼女を、いつもの夜の九時からの外出時間に、その日は一人で来てくれるよう拓真は頼んであった。

たいていはそこで会うのがお決まりとなっていた、木のぬくもりが感じられる喫茶店まで、ベトナムに来てから買ったオレンジ色の半袖シャツを一枚ひっかけ、半ズボンにサンダル姿で行くと、ティエンはその日珍しく中には入らずに店の外で待っていた。

「早いじゃない？　ホントに一人で来たの？」

「あら、先生がそう言ったんでしょう！　今から電話しようか？　ゴックさんでもユンさんでも……」

拓真は自分の失言に「ごめん、ごめん」と謝りながら店に入り、空いていた一番奥の席に座った。店は小ぶりのテーブルが六つばかりと、L字のカウンターがあるだけのこぢんまりとした喫茶店で、四つ角に立地していて、二つあるその扉はいつも開けっ放しにされていた。

まず日本行きの件は、ティエンの話ではまだもう少し先になるということだった。会社の中の実習生の枠といったものもあり、四月頃になるかもしれないと彼女は言った。

「何とか桜が咲いているうちに行きたい……」とティエンは、独り言のように言った。

「そうだね、桜が見たいよね、年に一度だけなんだから。三月中に行けると一番いいんだけどね」

「先生、インテコの先生にお願いしておいてくれる？」

「そうだなぁ、もうその分の給料はいりませんから、早く行かせてくださいって言ってみようか」

「ウソよ、冗談でした。それで先生の話ってなぁに？」

「あのね、ヤンゴンって聞いたことある？」

「知ってるわよ、ミャンマーでしょう」

「そう。行くかもしれない」

「えっ、何しに？」

　拓真は東村から少し前に打診があったことや、その内容についてゆっくりと、そして丁寧に説明した。

「へぇー、何だか大変みたいだけど、それで先生はそのヤンゴンへ行きたいの？」

「うーん、行きたいっていうのとは少し違うんだけど……」

「じゃあ何なの！　一緒に日本へ行くんじゃなかったの？」

「うん、そうなるのかなぁって、ぼんやり考えてはいたんだけど。一緒は無理だとしてもね」

「何よ、その優柔不断！」

　彼女の言葉が、真っすぐ拓真の胸に刺さった。それでも東村の申し出には彼なりの考えがあることを説明し、そして拓真自身にも、もう一度知らない土地で一からやってみたい気持ちが芽生えていることを伝えた。そしてミャンマーには今まだ何もなく、その立ち上げに協力したい気持ちが強くなっていることも話したが、その間もティエンの〝優柔不断〟という言葉が、彼の頭から離れなかった。

「先生はもうベトナムに飽きちゃったの？　ここにはハイ先生やアン先生や、その他にもいっぱい生徒や友達がいるじゃない！　このホーチミンには。日本に帰るって言えば、みんなはそうかなーって納得するかもしれないけど、何でミャンマーなの？」

「それは今、話したけど、自分でも正直うまく言えないんだ」

拓真はそう言うのが精一杯だったが、それでも「人の役に立ちたいって気持ちが、強くなったんだと思う」と言い足した。

「ここでも充分役に立っているじゃない。先生はどう思ってるの？　みんな沢田先生がヤンゴンへ行ったら困るんだよ。寂しいと思うよ。とっても……」

「そうだね、君の言う通りだね。本当にその通りなんだけど、誰かが行かなくちゃいけないんだ」

「先生じゃなくてもいいんじゃないの？」

ヤンゴンへ行く話は、拓真自身も確信があってのことではなかった。東村の言葉に気持ちが持っていかれたのだ。見透かされて心を盗まれたのかもしれない。でもたとえこの話を断ったとしても、彼はそれ以上決して強要せず、またホーチミンで続けてやってくれるよう言ってくれただろう。そしてすぐさま次の行動にとりかかったに違いない。

「先生……もし私が日本じゃなくて、韓国や台湾へ行きたいって言ったらどう思うの？」

「まさか……」

それは、拓真から思わず出た言葉だった。

「でしょう……。だから私も同じよ。まさか、なの」

しばらく二人は黙ってお互いに、その氷がほとんど溶けて味のなくなってしまったコーヒーを、渇いた口に含んだ。そしてティエンが、また思い直したように言った。

「でも先生は日本に帰ってくるよね。また必ず日本で会えるわよね」

「それはもちろん、きっと帰るよ。必ずね」

「それで結婚してくれるんだよね？」

「また、そこ？」

拓真は笑うしかなかった。ティエンもそうだった。

「そこ間違えなければ、まぁいっか。少しぐらいの遠回りは……」

そう言ってティエンは思いきり笑った。

「君はかわいいね……」

「あら、またまた今頃？　でも嬉しいわ。あのね、私も先生がそんなふうに思う気持ち、分からないでもないのよ。私と先生が会ったのも、こっちへ来てすぐの時だったものね」

「それって、どういうこと？」

「分からない？　じゃあいいけど、そういうことなのよ」と言ったきり、彼女は思い付いたように話を変えた。

「先生は、カエルの話って知ってるでしょう」

「カエルの話って？」

「あのね、カエルをちょうどいい温度のお湯につけて置くと、そのうちに死んじゃうっていう話よ。お母さんから何度か聞いたことがあるお話だけど、これって日本のおとぎ話じゃなかった？」

「あぁ、それだったらちょっと違っててね、熱湯にカエルを入れるとあわてて飛び出すけど、水からゆっくりゆっくり温めていくと、ゆで上がって死んじゃうって話かな」

「ほらやっぱり日本のおとぎ話でしょう？」

　拓真は、その言い方がおかしくて笑った。

「私が思うには、たぶん沢田拓真はゆっくりゆっくりぽぉーっとしてきているところかな」

彼はそう言われて、正面からティエンの顔を覗き込んだ。

「君は頭もいいいんだね」

「あれっ、それも今頃?」

拓真はティエンと初めて会った時のことを思い返していた。その頃、彼女は眩いばかりにただただ若く、自分がとてつもないオヤジに思えたのに、今では歳の差などもうほとんどないもののようになっていた。このまったく不思議な〝教え子〟には、今まで何一つ教えたことはなく、逆に教えられることばかりだった。

「君の分析はするどいね。そう言われて今分かったような気がするよ。どうしてミャンマーの話にこんなに簡単に乗ってしまったのかをね」

「そりゃ、だいたいのことは分かるわ。先生のことだったら……」

彼はティエンと、もしも結婚でもした時のことがふっと頭をよぎったが、でもそれはそれ以上続くものではなく一瞬で消えてしまった。そしてそれと入れ替わるように、なぜ彼女が以前から結婚、結婚と唱えるのか、急にその本当のところが知りたくなった。

「でも、そんなに分かるんだったら、今、僕が君のことをどう思っているか言える?」

「うーん、それはいい質問だけど、それって私に関係することだから分からなくなっちゃうの。先生には理解できないだろうな、この女の子の気持ちは……」

拓真はまた笑いそうになったが、懸命にこらえた。

「君でも分からないことがあるんだ」

「でも先生のことは、この私がちゃんと見ててあげるからね、ずっと、ずーっとよ」

その言葉に、拓真は思わず「ありがとう」と言っていた。

ハイの家は大きな街道筋の、とある宿場町と言えばちょうどいいような、細長い集落のほぼ中央にあった。このドンナイ省の田舎町まで辿り着くのに、バイクでゆうに四時間はかかったが、途中ホーチミンにいては決して見ることのできない、ベトナムのディープな部分を垣間見た気がした。拓真が今まで見てきたものは、ちょうど「六人の盲人と象」のたとえ話のように、ベトナムという大きな生き物のほんの一部を、わずかに触っていたに過ぎなかったのだ。

実家はいろいろな商品を扱っている、いわばよろず屋で、品数は日用品から食料品まで日本のコンビニに負けないぐらいあり、その面積はちょっと大きめのコンビニほどあった。食べ物や雑貨が所狭しと、ほとんどが不規則に置かれているその奥に、彼の母親は座っていた。まるで阿弥陀如来かなにかのように微笑んで……。

彼女はベトナム語でおだやかに挨拶を投げかけてきた。拓真も丁寧に言葉を選んで挨拶を返した。

「私はね、お父さんがいないんだ。両親が離婚しちゃったからね」とハイが小声で教えてくれた。

店には他に、見た目ハイとはほとんど似たところはないが、背の高さだけが同じ一八〇センチほどある弟とその奥さんや子供たちもいて、二人はやはり母親と同じような笑顔で拓真を迎えてくれた。

「さぁ、ちょっと荷物を置きに行きましょうかねー」とハイはおどけた様子で店を突っ切って、別棟と思われる居住エリアへと拓真を案内した。

「店は古いけど、こっちはまだ建てたばかりだからキレイかなー」と足早に階段を駆け上がり三階に着き、何室かあったその一番手前の部屋に入った。

「ここは私の部屋だよ。一度も使ったことはないけどね。たぶんこれからも住んだりしないと思うけど、弟が作ってくれたんだ」

ハイは閉まっていた雨戸を勢いよく開けた。その瞬間音もなくすーっと、なんとも心地よい空気が入ってきた。この町は標高が高いところにあって、ホーチミンの町中に比べると随分と気温が低く、しのぎやすかった。

「あれは私が通っていた小学校だよ」

「へぇー、そうなんだ。ハイさんが小学生かぁ、そんな時もあったんだね」

「それはあるよ、お兄ちゃんもきっとあったでしょう？」

「まぁそれはそうだけど、ハイさんはどんな小学生だったのかなと思って……」

「うーん、別にーだよ。ずっとひとりで遊んでたかな。今はもうないけど、店には昔たくさんゲーム機が置いてあったから、毎日それればかりしてたよ。同級生もたくさん来たよ。勝手について来るんだ。私と一緒だとタダでできるからね」

拓真もちょうど小学生になった頃、友達と集まっては流行りのテレビゲーム機で遊んでいたことを思い出した。ちょうどその頃から時代は、今ある時代を追い越すように、速度を上げて進み始めたのかもしれない。

「ところで帰ってくるのは、お正月の時だけなの？」

「まぁそうかな、去年は子供も連れて来たけどね」

「今年はよかったの？　ぼくと一緒で……」

ハイは、夏にも帰ったから全然構わないと言って、鼻歌をうたい始めた。彼もひとりになりたい時があるのだろう。きっと何日か独身に戻りたかったのかもしれない。

「久しぶりだったら、友達とか会いたい人がたくさんいるでしょう？　僕だったら適当に散歩したり、喫茶店にでも入って本を読んでるから……」

彼は「分かったよ」とだけ言った。

ベトナムに来て畳の部屋など一度も見たことはなかったが、この家の床も石を模したようなマーブルカラーで、部屋全体に瀟洒なイメージを与えていた。日本でこれと同じような仕様で家を建てたなら、さぞ高価なものになるだろうと、この住居スペースに入った時から拓真は感じていた。

「じゃ、ご飯を食べたら、ちょっと昼寝しましょう」

「そうだね、ハイさんは休憩なしで走ってきたからね」

拓真はこの日の夜、ハイに連れられて近くの寺院を訪れた。寺はおよそそれと分かる造りで建てられているので、ホーチミン市内でも見かけることはあったが、中に入るのは初めてのことだった。

ちょうど翌日がテトの元日ということで、ちょっと早い初詣のつもりで参ったのだが、随分遠くまで来たものだと思い、ふと拓真は大阪の両親を思い出していた。二人とは九月にホーチミンで会ってからも、相変わらずたまにしか連絡を取っていなかった。境内をしばらく歩いたところで、ハイがおみくじを引こうと言いだした。

「おみくじって、ベトナムにもあるの？」

「あれっ、日本にもあるか？」

「でもまだ新年になっていないよ」

「おみくじは、明日になっても同じだと思うよ。中に入っているのはきっと変わらないからね」

ハイが自信たっぷりに言った。

拓真は時々ハイという男が、自分と比べて何事においても至極自由に見えることがあったが、それはたぶん彼が型通りの考え方をしない人物だからだと、この時初めて分かったような気がしておかしかった。

「ハイさんは、本当に自由でいいね」

「私は居候でしょう。だから自由はお兄ちゃんだよ」

おみくじは二人とも、ハイの説明によると可もなく不可もなく……と言ったものだった。

拓真はミャンマーへ行く前に、一度日本へ帰ってみようかと考えたが、それはハイには言わなかった。


その夜は遅くまで、家族が揃った大晦日の団欒を過ごした。一階にダイニングキッチンがあったが、椅子やテーブルは使わずに広い床に料理の入ったたくさんの皿を並べ、そのまま座ってみんなで食べた。言葉が通じないことがもどかしかったが、喋らなくてもその表情を見れば分かることも多かった。そしてそんなことの方が、結構、強烈に記憶に留まるのではと拓真には思えた。

その後は、この夜ばかりは拓真の部屋になっている三階の一室で、ハイと二人だけの時間をベトナムのお酒を飲みながら過ごしたので、就寝はもう日付が変わり元旦になっていた。ハイが自分の寝る部屋に戻り、これで後はぐっすり眠るだけと思いながら布団に入ろうとした時、静かになった部屋に携帯電話のメロディーが響いた。ティエンからだった。

「ハッピー　ニュー　イヤー！　明けましておめでとうございまーす。先生、ごめん、今、起きてた？」

「どこかで見てたの？　今、寝ようとしてたところだよ」

「そうよかった。じゃ簡単に言うね。あのね実は、お母さんが先生に会いたいって……」

拓真は「お母さんが？」と言ったきりしばらく考えたが、次に口をついて出た言葉は「何で？」だった。

「知らないわ、私も。今日になって急に言いだしたの。ちょっと迷ってたみたいだけど。もっともね、私は先生のこと、ずっとお母さんには話してきてたから、よく一度食事に呼んだら……なんて言ってくれてたんだけどね」

「そうなの？」と言ったものの、その後が続かない。

「こっちに帰るの、いつだったっけ？」

「はっきり決めてないけど、ハイさんは久しぶりの田舎だし、結構ひとりも気楽そうだし、あと三日ぐらいはいると思うよ」

「だったら四日目の夕方はどう？」

「えっ、帰った日の夜ってこと？」

「都合悪いかな？」

「分かった。じゃ二月三日の夕方だね」

「ごめん、先生がんばってね」

ティエンはまるで屈託がない。

「じゃ、おやすみなさい、先生」

「えっ、もう終わり？」

「だってもう寝るところだったんでしょう？」

「あぁ、ぐっすり眠れそうだよ」

「よかった。それではもう一度オヤスミナサイ……」

そう言ってティエンは電話を切った。

電気を消して目を閉じたが、拓真は気が高ぶっているのがよく分かった。いろいろあった一日だったが、大方の時間をハイと一緒に過ごし、そして最後はティエンの「ハッピーニュー　イヤー」だった。

――電話がもう少し早かったらハイもいて、このことを彼に話せて、それなりに気持ちを整理できただろうに……。ティエンの母親が自分に会いたがっている？

拓真にはその真意がまったく読めなかった。ティエンもそれに関しては心当たりがないと言ったが、あるいはそれも本当のところなのだろう。彼女は今日、とてもさばさばとした調子で成り行きを説明していた。

――自分の母親が何を話したがっているのか、訊きたがっているのかについては、彼女なりに考えを巡らせているに違いない。いやティエンは、そんなことなら母親にずばり聞くタイプではなかっただろうか。

考えれば考えるほど分からなくなる新年の夜だった。

翌日も雲一つ見当たらない晴天で、窓からの眺めは爽やかな避暑地の高原を思わせた。店はこのテトの元日だけがお休みとなった。もっともハイは店を手伝う気はさらさらないようだったが、昨日二人で行ったお寺に家族らがお参りする間、形ばかりの留守番をすることになった。と言っても彼は、久しぶりの独り寝を享受したようで、起きてきたのはもう昼前になっていた。

店先には、ベトナムではどこの家でもそうするように、菊のような花弁を持った黄色い花の鉢がいくつも置かれていた。この花の黄はお金を意味するそうで、お正月にはこぞって家の前に飾る習慣があるのだとハイが教えてくれた。

やがて三人がお昼過ぎに帰ってくると、彼は近場にあるいくつかの名所をバイクで巡ってくれた。きっと彼の地であれば日本庭園と呼ばれるであろう、池には魚も泳いでいるような造りの所へも案内してくれた。拓真はそこへ来て、やっとハイに昨晩の電話のことを話し始めた。

「さぁ、どうしてかな？　やっぱり結婚する相手の人だからかなぁー」

ハイは何のためらいもなくそう言った。

「ちょっと待ってよ。まだ誰もそんなこと決めてないんだからね。彼女にしてもしっかりしているように見えて、やっと十九歳になったばかりなんだよ」

「ベトナムは歳は関係ないと思うよ。でも彼女のお母さんは日本人だったね。だったら私にはよく分からないけど、これがベトナム人だったらもう結婚だよ」

「ぼくは日本人だけどよく分からないよ。日本の場合は順序っていうのがあるからね。いきなり結婚なんて話にはならないよ」

「じゃー今度の機会が、その順序の一番目かな？」

ハイのその言い分には、妙に説得力があった。

「お兄ちゃんはどう思っているの？　ティエンちゃんのこと」

「どうって言われても……。とにかくそんな結婚の相手には考えたことないよ」

「全然かな？」

そこで拓真は言葉を失った。

「そうか、ベトナム人のハーフだから？」

「そんなことじゃなくて。何て言うか……生徒でしょう？　初めて会ったのが教室で、それからもずっと先生と生徒だったから」

「それは何で関係ある？　私は関係ないと思うよ。好きか嫌いかだよ」

相変わらずハイは明快だった。


その夜は、ハイの誘いで近所のカラオケ店にも行った。ここベトナムでもその呼び方は変わらず「ＫＡＲＡＯＫＥ」なのだが、その数はきっと日本よりも数多くあるように思えた。今までにも彼とはホーチミンで何度か一緒に入ったことがあったが、いずれも生徒が何人かいたり、他の先生がいたりだった。店の造作やカラオケ自体は日本のそれとほとんど変わりなかったが、まず日本語で歌える曲はなく、拓真はそう広くはない選択肢の中から、よくビートルズのナンバーを選んだ。

「お兄ちゃん、友達を呼んでもいいかな？」

軽く食事をしながら何曲か歌った後、ハイがそう言った。

「はい、いいですよ。でもその人、日本語は話せないよね」

「うん、それは無理かな。でも友達と話す時は、また私が通訳をしますからね」

程なくして現れたのは、高校の時の同級生だという女性だった。彼女は大柄のハイと並ぶとちょうどいいカップルに映る長身で、奥さんとはまるでタイプの違うやはり美形だった。拓真はこの時初めて、今回ハイが家族と一緒に来なかった理由の一端か全部を知ったのだが、それはただの結果に過ぎなかったのかもしれない。二人が高校の時、あるいはその後どんな関係だったのかは、彼から一言もなかったし、拓真も訊かなかったが、それはお互いの様子を見ているだけでおのずと知れた。

ベトナムの歌は今流行りのものにしても、その旋律に哀愁を帯びたものが多く、どの曲を聞いても心がゆったりと落ち着くものばかりだった。拓真は自分が歌うことより、そんなメロディーラインに身を任せていることを好んだ。

彼女はハイを通してさまざまなことを拓真に尋ねた。そして興味があるのか、日本のさまざまなことに詳しかった。その中で一番印象的だったのが「私は日本が大好きです。でもどうしてだか分かりますか？」という問いだった。拓真が分からないと言うと、彼女はすぐに答えた。

「それは、私の国にとても似ているからです。日本人はたぶんそうは思っていないでしょうけどね。でも違いは、日本はアメリカに負けたけど、ベトナムは最後に勝ったことです。きっとどちらも、その方が良かったのでしょう」

その時拓真は、やはりそうだったのかと、やっと何かがストンと胸に落ちたような気になった。

ここにも日本語の曲はなかったが、それでも拓真も何曲か英語で歌った。そしてほんの数時間ではあったが、この思わぬ展開を心から愉しんだ。

別れ際、拓真は英語で「是非、一度日本へ遊びに来てください」と彼女に言った。すると彼女は目を見開き、「Sure, Thank you.」と真っ白な歯を見せ答えてくれた。

そして彼女にはこうも訊かれた。

“Are you happy now?”

拓真はすぐに「Yes, I'm happy now.」と答えたが、じっと目を見つめられ、「maybe

……」を付け加えた。拓真はその時「人生は〝たぶん〟で生きていちゃだめよ」と彼女から言われたような気がした。

家に着いて、部屋に戻った時、ハイが言った。

「お兄ちゃん、どうもありがとね。いろいろ彼女が訊いたりしましたからね。でもよかったよ。ちょっと考えたんだけど、あの人を呼んでよかったかな」

「私もあんなにきれいな人に会えてよかったよ。歌もまるで歌手みたいだったし……」

「そうなんだ。あの人は今、テトでここに帰っているけど、ハノイで歌手をしていますよ。時々テレビにも出ているよ。たぶん有名かな」

「へぇー、そうなんだ。名前覚えておくね。だったらサインしてもらったのにね」

「それじゃ、今度はハノイへ行こうか。バイクじゃ、とても行けないけどね」と言ってハイは笑った。

翌日はまたハイと、少し足を伸ばしてベトナムの田園風景を見に行った。そこにはまるで日本と変わらない風景が広がっていた。いや少し違う言い方をすると、日本の原風景が手つかずの状態で残っていた。昨夜の彼女の言葉がよみがえった。

そしてこれで最後という三日目の朝になって、ハイは急に「知り合いに会わなくてはいけなくなった」と言い、拓真に申し訳ないが半日市場へでも行って、いろんな珍しいものを見たり食べたりして来てくれるように、と言い残して、午前中に家を出た。

拓真はハイが勧めてくれた市場へと、ぶらり歩いて出掛けた。そしてその道中や着いた市場でも、今まで無意識にだが、彼が頭の中で見たいと思っていたベトナムに残るこの土地本来の風景が、至る所で息をしていた。

生きたまま鶏を籠の中に入れ売っている店、売れた時にはきっと絞めて客に渡すのだろうか。それがどこからなのか判然としない市場の中には、さまざまな肉の部位や大小さまざまな魚が、まるごとかまたは頭だけを残し捌かれた状態で無造作に置かれていた。野菜にはまだどれも土がついていた。そしてどこを見渡しても人、人、人。いつも携帯しているデジカメのシャッターは休む間もなく押され、カードは瞬く間にいっぱいになった。それでもすぐに新しいＳＤに替え、自分の肉眼にも見たものすべてを焼き付けた。

まさしく混沌とした人込みを一歩離れると、また昨日見た色いっぱいの緑が広がる。彼は決して都会では見ることのできない景色を、眩しげに見て歩いた。

家はホーチミンにあるそれではなく、大方は木でできていて、開け放たれた窓や入り口からは、内部が見え隠れしている。遙か昔の日本がどこかにあるとすれば、今、ここにあるのではないかと拓真には思えた。

帰り道を間違わないように確かめながら歩き、時々座り込んでは足を休め、また入ってみないと分からないような喫茶店にも足を踏み入れ、撮った写真を一枚一枚確かめながら、ぼんやりとした。そんな裕福な時間に身を置いているうちに、半日どころか一日が静かに過ぎていった。

ドンナイを朝早く出発し、昼過ぎにはホーチミンに着いたので、ハイは自分の家に寄って昼ご飯を食べていくように勧めてくれたが、拓真は帰って少し横になりたいと言い、そのままホテルまで送ってもらった。

ハイは「昼寝なんてベトナム人みたいだね」と言ってから、ティエンの母親との対面について「お兄ちゃんとお母さんは日本人同士だから、話はたぶん大丈夫だよ。がんばってね」とよく分からない励ましをくれた。

拓真は別れ際に、気になっていた、野暮になるだろう質問をした。

「私が市場へ行った日、ハイさんはあの人と会ってたんでしょう?」

「あの人? そうだね、みんなあの人かな。日本語は便利で不便かな」

「じゃ、あの彼女、名前は何だっけ?」

「お兄ちゃん、じゃーし、ほんとうに頑張ってね。あの人は、もう私のあの人になっちゃったけど、お兄ちゃんはティエンちゃんを、〝この人〟にしてくださいね」


ティエンから名前を教えられていたレストランは、ガイドブックにも載っている有名なベトナム料理店で、拓真も名前だけは知っていた。約束の時間にはまだ少し早かったが、ティエンと母親とおぼしき女性は、すでに店の前で待ってくれていた。

少し手前でタクシーを降りて近づくにつれ、その二人が親子であることが明らかになった。背の高さから全体のシルエットまでが、双子のようにそっくりだったのだ。

母親である由莉がまず自分の名前を告げて、深々としたお辞儀をした。それは間違いなく日本人にしかできないしぐさだった。

「沢田先生ですね、ティエンがいつもお世話になっております」

拓真も姓名を名乗り、自分こそ懇意にしてもらい、日頃何かと助けてもらっている礼を述べた。すると今度はティエンが一歩前に出た。

「私は、グエン・フーン・ティエンです。やっと十九歳になりました」と言いながら、腰を二つに折るようなお辞儀をしたので、その場の雰囲気は一気に和らいだものになった。

まだ陽は存分に残っていて、通りには行き交う人が絶えなかったが、一歩店の中に入るとそこは静けさに支配されていて、ただ一組の先客がいるだけだった。三人は案内してもらい表通りに面した席についた。内装は見る限りすべてが木で施され、色調は落ち着いたウォルナットで統一されていた。

「先生、本当にすみませんでした。突然の申し出になってしまいまして、さぞ驚かれたでしょうね、申し訳ありません」

由莉が発する言葉の一つひとつはきわめて明瞭で、いささかの地方なまりも感じさせない標準語のアクセントだった。四人掛けの席の片側に拓真が座り、その向かいに親子が並んで座ったのだが、この距離で改めて二人を見ると、思わず笑いがこみ上げてくるぐらい似ていた。特に鼻筋から口元にかけてはそっくりだった。

拓真はこの日、父親もひょっとしたら、と思っていたのだが、それを察したように由莉が「この子の父親は、今ちょうど北部の方へ仕事を兼ねて行っておりまして、今日は失礼いたします」と言った。

「私こそすみません、こんな格好で……」

拓真は会った時から感じていたことを言葉にしていた。それと言うのも、由莉があまりにフォーマルな淡いコーラルピンクのスーツを身にまとっていたからで、ティエンにしてもいつものジーンズにTシャツではなく、とても女性らしい風雅を感じさせる、ラベンダー色のアオザイ風のワンピースを着せられていたのだ。それに引き替え拓真は、ふだん学校へも着ていく白いボタンダウンのシャツに、カーキ色のコットンパンツという出で立ちだった。

「先生は何か、お好きなベトナムの料理はございますか？」と由莉が尋ねた。

「いいえ、特には。麺類はよく食べますが、こんな本格的なベトナム料理店は初めてなので見当もつきません。いつも町の食堂か、よくて海鮮料理のお店などですから」

拓真は、前に一度ティエンに連れられて入った、ベトナム料理店のことを失念してそう答えた。

「でも、バインセオは大好きよね、先生は」

「そうなの？　でもここでバインセオは、ちょっと難しいかもしれないわね」と由莉が微笑んだ。

メニューは二人に任せて、拓真はいつものようにビールの銘柄だけを選んだ。そして彼は、間もなく運ばれたビールを銘々に注いで乾杯をした。

「モッ、ハイ、バ、ヨーッ！」と、拓真が何気に乾杯の音頭を取った。

「あらっ、先生はもうすっかりベトナム人ですのね」

由莉は嬉しそうに彼を見た。そしておもむろに、ティエンの学校での様子を尋ね始めた。

「最初この子、何を言い出したのかさっぱり分からなかったんですよ。どうして日本語が普通に話せるのに日本語学校なのかって……」

「だから、それはあの時ちゃんとお母さんに説明したでしょう」

ティエンはすかさず言い返した。

拓真は特に、初対面の時に感じた彼女の印象や、難解な質問のことなどを彼自身懐かしむように話した。ティエンもその都度頷いたり、笑ったり、いやそれは違うと反論してみせたりしながらも、拓真の話を一緒になって作り上げていくのだった。

今までほとんど口にしてこなかったメニューに、拓真の箸は知らず知らずのうちに進んでいた。由莉は途中からワインもオーダーして、会話は昔からの例会のように盛り上がったものとなった。

「それにしても先生、この子変わっているでしょう？　母親の私が言うのもなんですが、もう小さい頃からひやひやの連続だったんですよ。でも最近は教えられることも多くなりました。ですが変わっていますよね」

「ええ、本当に……」

「なにそれ……。二人で意気投合しちゃってー」

これにはティエンも不満を表明したものの、気を取り直すようにして言った。

「そうね、お母さんはとってもノーマルよね。私はちょっとナチュラルなだけよ。きっと正直なんだわ、いろんなことにね。それが私の普通よ」

拓真はいつ由莉から「ところで実は……」みたいな話が出るのかと、どこか構えていたのだが、気安い時間が進むにつれて、これはただ日頃に対する慰労に過ぎないのだと思うようになっていた。

実際のところ由莉は、拓真のプライベートに関することは何一つ訊かなかったし、今後彼が日本へ帰ってからどうするのかといった、職業に関わることにも触れようとはしなかった。ティエンの歳の離れた姉と言っても通じるその風貌には、常に柔和な表情が寄り添っていた。

そんな中、一度だけ「先生は、四月からミャンマーの方へ行かれるそうですね」と訊かれた時は、さすがに彼もそわついた。

「そうですね、学校から依頼があってのことなんですが、たぶん一年ぐらいが精一杯かなと思います」と正直な気持ちを答えた。

その後は、もうティエンが主役の独演会になったが、途中、俳句のことに関して由莉から話があった。ティエンに俳句を勧めた理由として、どんな環境にあっても句を作ることによって自身が癒され、励まされることを挙げた。それと俳句がちゃんと作れるぐらいに、日本語への理解を深めてほしいという彼女の願いも含まれていた。

「ところで今は作られていないんですか？　俳句の方は……」

「そうですね、前みたいには作っていないかもしれません。翻訳の仕事が忙しいのと、あと日本の出版社から本を出してみないかとお誘いを受けて、そちらの方に時間を割いていることもありまして」

「それは凄いですね。よろしければ、どういった本なんですか？」

「まぁざっくり言いますと、ベトナム紹介みたいなものですね。こちらでの子育てといったことも絡めて、日本とベトナムの文化や習慣の違いみたいなことを、思い付くままに書いています」

「では、娘さんのことも出てくるんでしょうね」

「はい、まぁそうですね、ほとんど主役級で……。でも俳句に関して言えば、いくら忙しくても作れるはずなんです。今の私は忙しさを言い訳にして、ただサボっているだけなんですよ。ただ人様が作った句を観賞する、ということは今でも続けさせてもらっています」と彼女は言った。

　和やかなうちに時間も過ぎて、由莉が「今日のところは私が……」と言って会計を済ませ、店を出た時にはもうすっかり日が落ちていた。帰りは同じ方向なので、途中まで一緒にタクシーに乗ってと考えていた拓真は、不意の由莉の申し出に〝やっぱり〟との思いがよぎった。

「先生、私ちょっと先生にお話ししておきたいことがありまして……もう少しお時間よろしいでしょうか？」

　彼女は店を出てから、ティエンが少し前を歩き始めたのを確かめそう言った。拓真は、まったく急がない旨を伝えた。

「ではこの近くに、よく行くホテルのラウンジがありますので」と言って、彼女はティエンを呼んだ。

「悪いんだけど、あなたは先に帰っていてくれる？　私もう少し先生と二人だけでお喋りしたくなったのよ」

彼女は、たった今思い付いたような口ぶりで言った。

「あら、そういうこと。何かあるのかなって思っていたんだけど、分かったわ。どんな話だか知らないけど……」

ティエンは少し拗ねたような素振りは見せたものの、すぐに道路に向けてすっと立ち、右手を高々と挙げた。するとずっと以前からそれを待っていたように、一台のタクシーがするすると彼女に近づき停まった。

「じゃあ、一時間だけよ。ちょっとだけ先生を預けるわ」と言って、彼女はすぐに拓真の方に目をやった。そして「先生、またあとで話を聞くから、ちゃんと覚えておいてね」と言い残し、さっとタクシーに乗り込んだ。

拓真には、この一連の流れがあまりに予定調和な感じがしたが、かといってこの成り行きは、もう止められるものではないことを理解した。

ラウンジには数組の利用客がいたが、いずれも海外からの旅行者であることが見た目で分かった。由莉の立ち居振舞いは、この日初めて会った時から何ら変わることなく優美なものだった。それはワインを少しばかり飲んだところで、いささかも乱れるものではなかった。

しかし案内された席に腰を下ろしたものの、彼女はオーダーを通しただけで、しばらく何も話さなかった。話の糸口を探しあぐねているようにも見えたが、拓真にその手助けはできなかった。ラウンジにはよく耳にするビージーズの曲が流れていて、彼はしばらくそのストリングスが奏でるメロディーに身を委ねるしかなかった。

やがて由莉は運ばれてきたコーヒーを少しだけ口に含み、そして飲み終えてから、やっと心が定まったのか口を開いた。

「先生、本当にすみません。何度も勝手ばかり申し上げて……」

そう言って、彼女は今日何度目かの頭を下げた。拓真は首を振りながら、同じように目の前のカップに口をつけて、やっとそれがホットコーヒーであったことに気付いたが、そこには砂糖も練乳も入っていなかった。

「今日は先生にお会いして、是非聞いていただきたい話があったんです。もっともそのつもりでお呼び立てしたんですが……」

「はい」とだけ答え、拓真は次の言葉を待った。

「あの子が初めて先生の授業を受けた日のことなんですが、家に帰ってくるなり、それはもういつになく興奮した様子で、先生のことを話し始めましてね」

「はぁ、そうですか。私もあの日の印象は強烈でした」

「その日もちょうど主人が留守をしていて、あの子ずっと日本語で話し続けるんです。私にとっては見たことも聞いたこともない人のことばかり」

拓真はそれを聞いて、自分も部屋に帰って誰かしら話す相手がいたら、きっと同じことをしただろうと思った。

「それで私がつい、『その先生ってそんなにいい先生なの？　ハンサムなの？』って訊いたんです」

拓真は、ほんの少し頬が緩み「ええ、そしたら何て言いましたか？　彼女」と訊いた。

「『そんなんじゃなくて、ハンサムとかじゃなくて、運命の人に出会えた』って言うんですよ。真面目な顔をして」

拓真は急に恥ずかしくなって、顔を伏せるようにして、もうほとんどなくなってしまっていた、白く小さなコーヒーカップを持ち上げた。

「あの子には、三つ歳の離れた弟がいるんですが」

「はい、それは彼女から聞いています」

「でもちょっと理由《わけ》があって、小学校に上がる歳に父方の田舎、ベンチェというところなんですが、そこで暮らすようになったんです。そのせいかどうか、もう一人っ子みたいになってしまって」

「ええ、でもこんな僕にも、彼女がご両親にとても愛されて育ったお嬢さんということは分かります」

「恐れ入ります。それで甘やかしたというわけでもないんですが……。もっとも主人はあの子を叱ったりしたこと一度もないんですよ。すみません、こんなお話……」

拓真は正直、この話の行方の想像がつかなくなっていた。

「それで実を言いますと、あの子は日本人なんです」

「日本人?」と拓真は、繰り返し言ってから「それは半分ということですよね?」と訊き返した。

「いいえ、そうじゃありません。あの子の父親は日本人なんです」

由莉は、拓真の目を見据えてそう言った。

「もちろん、本人は知りません」

「では、今のお父さんは？」

「ええ、私の主人ヒューはベトナム人です。そして彼はこのことを初めから知っています」

拓真はゆっくりと頷いて、次の言葉を待った。

「彼はティエンがまだ、私のお腹にいる時から知ってくれています。そのうえで彼と私は暮らし始めました」

「そうなんですか」

拓真は自分に言い聞かせるようにつぶやいた。そしてきっと長い間誰に語るでもなく仕舞っていた事実を、今ようやく人に明かしたこの同胞の婦人が、急に身近な存在に感じられた。そして同時にそれを知らされたこの自分に、果たして何ができるのだろうという、ささやかな不安におそわれた。

「でも、どうしてこの僕に？」

「ごめんなさい……」

由莉はそれだけ言うと顔を伏せたが、すぐに向き直って今度は天井を仰ぎ見るようにして僅かに鼻をすすった。そしてまたしばらく沈黙した。

「あの子は当然ヒューのことを、小さい頃から実の父親だと思っていますし、私はもうそれでいいんだと自分にも言い聞かせてきました。彼も私と同じ考えでした。実際二人は目元なんかとってもよく似ているんですよ。ですから私も長い間このことを半ば忘れていたくらいなんです」

拓真は、彼女の話すひと言ひと言を噛み締めるように聞き、さまざまなことに思いを巡らせた。

「それで？」

「はい。でも私たちは順番からいうと先に逝ってしまいます。そうしたら、あの子が本当のことを知る術が絶たれてしまうということを、次第に考えるようになりました。そしてそれをヒューにも話してみたんです。つい最近のことなんですが」

「なんとおっしゃいましたか？　ご主人は」

「ヒューはティエンがこのベトナムで、ベトナム人と一緒になるようだったら、もう今のままでいいと思っていたと言うんです。でも一生を過ごす相手がもし日本人だったとしたら、それは彼女にとってどうなのだろうかと、私に尋ねました」

由莉はそう言って、拓真の眼の奥を覗くようにして見た。

「それで……実のお父様という方は？」

由莉は、姓だけを答え、今は北海道に住んでいるようだと話した。

「今でも連絡されているんですか？」

「いいえ、まったく。本当に偶然なんですが、名前をネット上で見付けたんです。いいえ、見付けてしまったんです。結婚して子供さんもいるようですが、それ以上のことは分かりません」

そこまで聞いて、拓真は自分でも思わぬことを尋ねていた。

「その方のこと、好きだったんですね」

「ええ、お恥ずかしい話ですが、とっても。もう二十年以上も前の話ですけれど。彼とは同じ大学で、私、実は日本語学科に在籍していたんですよ。昔、先生になりたくて……。本当に偶然ですね、沢田先生とは。日本語を教えながら世界中を旅したいなんて考えていたんです。おかしいでしょう？　彼は一つ年上でしたが、同じ学科の同級生でした」

拓真はふっと、学生時代に付き合っていた人の顔を思い出していた。

「あの、すみません……いいですか？　こんなお話？」

由莉は幾分落ち着いた声に戻って、そう尋ねた。

「はい、お伺いします」

「大学は東京だったんですが、彼とは入学してすぐに付き合い始めて、そして四年間。特にサークル活動などしなかった私にとって、大学の記憶と言えば、もう彼との思い出だけなんです。そして卒業して……」

「別々の道へということですか？」

「はい、そうです。彼は南米ブラジルへ渡りました。ＪＩＣＡのボランティアで……」

「それは、一緒には行けなかったんですね」と拓真は、事実を確かめるように訊いた。

「はい、できません。それに実を言うと、ほとんど終わっていたんです、私たちの関係は。四年間というもの、もう毎日のように会っていましたから。実際、二年生の終わりからは一緒に暮らすようになっていましたし……」

拓真はふとまた、自分の大学時代を思った。

――人が老いてゆく存在であることを、自分にはまるで関係がないことのように思えた若い頃、咲いた花をたただ枯らさないように気遣いながら送る毎日が、どれだけお互いがお互いを圧迫するものであったか……。

「何となくですけど、分かります」と拓真は答えた。二人の結末が迎えるべくして迎えたもののように、彼には思えたからだ。

「私も話していて、あれは当然の成り行きだったと、ようやく思えてきました」

「実は私もＪＩＣＡがきっかけで、ここまで来たんですよ。実際に教えた経験がなかったので、こういう形になりましたけど」

「そうなんですね。彼は日本語学科の学生でしたし、地域の日本語教室で教えていましたから……。そしてその後、私は大手の商社に就職が決まりました」

「でも行かなかったんですね」

「はい、ゼミの先生に、このベトナムのダラットにある大学を紹介してもらいました」

「その地名は私も知っています。娘さんからも聞いたことがあります」

「ティエンには、ヒューと私が出会った場所として、何度か話したことがあるからでしょうね。どうしても日本にいると彼を待っているような気持ちになるので、思い切りました。両親には随分と反対されましたが。今の主人ヒューは、そこの学生だったんです。つまり教え子っていうことになるんですよ」

拓真はそこまで聞いて、なぜ彼女が今日自分に会いに来たのか、その理由の大方が分かった気になった。

「でもよく、今のご主人と一緒になられましたね」

「ええ、私はこちらに来て、初めて妊娠が分かったんです」

「ブラジルの彼に言わなかったんですか？」

「はい。でもヒューだけが真っ先に気付いてくれました。どうして分かったのか、今でも不思議なんですが……。まだ片言の日本語で気遣ってくれました。私は彼にすべてを話しました」

「ご主人はやさしい方なんですね」

「ええ、とっても。いえ、すみません。でも人として本当にやさしい男性だと思います。まず日本には、いないぐらいに……」

と言って、由莉はここに来て初めて笑顔を見せた。

「では、ブラジルに渡った彼とは、もうそれっきりになったんでしょうか？」

「はい、結局はそうです。携帯電話もない時代ですから。お互いに連絡も取れないし、取らないままでここまで来ました。もっとも彼の方からは一度だけ、私がいなくなった神戸の家へ電話をしてきたそうですが……」

由莉と一緒になったヒューは、その後ホーチミンで日系企業に就職し、それを機会に一家で今のところへやって来た。由莉はベトナム語を習得し、通訳や翻訳の仕事を生業とするようになり、ヒューは忙しくベトナム各地を飛び回るようになったと、由莉は家族のその後を語った。

「沢田先生、私、今日は貴重な時間をいただいて、本当に感謝しております」

「いいえ、こちらこそ。お会いできて本当によかったです」

「今日はとりあえずお会いして、そのうえで決めようって思っていたんです。今ここで聞いていただいたことをお話しするかどうか……。でも私は、随分とずるいことをしてしまったんですね」

「ずるいことって何ですか？」

「私は、何度も考えて主人とも相談して、そうして結局この話を先生に聞いていただくことができたんです。それで私はとても楽になったような気がします。でもその分先生に押しつけてしまったんですね、いろいろなことを。やはり……」

拓真はしばらく考えて、「責任重大ってことですね」と答えていた。由莉はまた何も言わず、頭を下げた。

「僕は日本にいた時は、なんて言うのかほとんど誰にも当てにされてなかったって言うのか、変な言い方ですけど。たぶん人との関わりがとても希薄な人間だったと思うんです。でもホーチミンへ来て、先生なんて今思うと柄にもないことを始めて、それでかどうかは分かりませんが、本当によく人から相談を受けるようになりました。何ですかね、これって……」

拓真は苦笑いをして見せた。

「きっと、ベトナムっていうところと相性がいいのかもしれませんね、沢田先生は」

「もう一度お伺いしますが……」

「はい」

「お母さまからティエンさんへは、今ここで僕がお伺いしたお話、今後もされるおつもりはないということでよろしいでしょうか？」

「はい、そうです。私、今日は決心して参りました。もっともこの話をするかどうかは先ほども申しましたが、お会いしてからとは思っていたんですが、話せてよかったと思います。ですから、私からあの子に打ち明けることは、もうありません」

「分かりました。ぼくは全権を託されたってことですね」

「はい、本当に申し訳ありません」と、由莉は再び深く頭を下げた。

「ティエンと先生が将来どうなるのか、それは神のみぞ知ることになるのでしょうが、私には、ずっと何かしらの形で二人が繋がりを持ち続けていくように思えてなりません。本当に勝手な思い込みで恐縮ですが……」

拓真は、彼女の目を見て「分かりました」と答えた。


帰りのタクシーの中で拓真は、今日起こったさまざまな出来事の映像や言葉の端々を、あれこれと思い返しては、つらつらと考えた。いや、それは正確には考えではなく、すでに過去のものとなった事象の追想に過ぎなかった。

ただ一つ考えと呼べるものがあったとすれば、それは今日聞いたこの話は、誰にも相談できる相手がいないということだった。ティエンを知る人々には、自分の両親でさえ明かせるものではなかった。しかし唯一話すことができるとしたら、母親の美智子なのかもしれなかったが、でもそれを行うと、拓真自身は僅かに楽になるかもしれないが、その分、母に軽くはない荷物を背負わせることになるのだろうとも考えた。

そして由莉が言った「勝手なお願い」、そして「ずるいことをした」といった言葉が、浮かんではまた消えた。そしてなぜかあの、白く小さなコーヒーカップも……。

その夜、ティエンからの連絡はなかった。

エピローグ　八月二十八日

テレビを眺めながらパンをかじっていると、スマホがピュルンと音を立てた。ティエンからのメールだった。開けると彼女の上半身を写す画像があった。〝さなぎが蝶になる〟というフレーズが、ふいと拓真の頭に浮かんだ。

〈お尻まで伸ばして、癌で髪がなくなっちゃった人にあげるのよ〉

その髪は、乳房の位置をはるかに超えている。黒く艶やかなその塊は、右側一つに束ねられ、持ち主とは違った別の生き物として、存在を主張しているように見えた。

ティエン自身もまた、少女から一人の女性という生き物に変わっていた。四年という歳月をかけて……。

いつもなら既読に変わると、どちらからともなく通話に切り替わったりするのだが、この日は文字でのやりとりが続いた。

〈じゃ、今からヨガをして寝るね〉

〈miss you...〉

そして真ん丸い顔に真ん丸い目をしたキャラクターが、両手を顔の前で合わせ、まるでお祈りでもしているようなスタンプが一枚貼られた。

〈じゃ、バイバーイ〉

〈see you...〉

拓真が打ち返した文字はすぐ既読になったが、電源を切っても再び通知音が鳴ることはなかった。

米国フロリダにいるティエンとの時差は十三時間。日本とは昼夜が逆転する。


家を出るにはまだ少し時間があったので、ふだんだと朝からチェックしないSNSを開けてみた。タイムラインの冒頭には、いつものハイの投稿があった。

彼は今でも、日に一度はそれを更新している。内容は主に日本語学習に関するお堅いものが多いのだが、今日は漢字穴埋めパズルで、中央の空欄に一つ漢字を入れて二文字の言葉を上下左右四つ完成させるというものだった。上に「観」があり、下には「沢」、そして左が「発」で、右側に「栄」。さて真ん中に入る漢字は?

答えを入れて送ると、すぐにリプライがあった。

〈すごい! ピンポーンだね、お兄ちゃん!〉

もっとも拓真は、自分がすぐに答えてしまったことにちょっとした反省を加えていた。


ハイはすでに二児の父親になっていた。

彼は四年前、予定を少し早め三月末に日本へ渡った。金沢に着いて技能実習生の世話をする組合に籍を置き、通訳兼日本語の先生として働き始めた。そしてちょうど一年が経った頃、職を辞しベトナムに戻った。

もうすぐ国へ帰るという三月の半ば過ぎ、拓真はハイを訪ねて金沢へ向かった。彼にとっても初めての金沢は、小京都と呼ばれるに相応しい趣深い街ではあったが、大阪から来た人間には、どことなく淋しい気持ちにさせられる土地でもあった。

拓真はハイが寝泊まりするアパートに金曜日の夜から三泊した。そして週末にかけて外国人である彼に、逆に案内されるかたちで町中に点在する観光地を巡り、二人のホーチミン時代からの旧交を温めた。それは心から楽しい時間と言えた。

「お兄ちゃん、桜はまだ咲かないかなー。早く見たいけど、まだ寒いかなー」

「きっともうすぐだと思うよ。蕾も膨らんでいるし、大阪はもう咲き始めたからね」

「お兄ちゃん、私は桜を見たらベトナムへ帰るよ……」

ハイはそれを待っているようだった。

実習生は主に中国から来る若い女性たちで、地場産業である繊維関係の企業へ配属されるのだが、その中でベトナム人は少数派ということだった。彼は主に、来日後約一か月をかけて行う日本語のおさらい学習の先生として、またベトナム人実習生には生活全般の世話役として過ごした。

それは拓真が、ベトナムでやってきたことと似ている部分もあったが、ハイにはほとんど友達とも教え子とも言える関係が、最後まで築けなかったようだ。

ハイはこんなことも教えてくれた。

「あのね、信号を待っている時に道を訊いたんだ。おばあさんだったけど。そしたらその人何も言わずに逃げちゃった。こっちへ来てすぐの時だったんだけどね……」

ホーチミンに帰ってからできた二人目の娘ももうすぐ二歳になる。そして彼は今も富士アカデミーで生徒たちと楽しくやっているようだ。その教室での様子は、家族で撮ったスナップと同様、日々よく投稿されていた。長女のニーちゃんは、だんだんお母さんに似てきて、頬にできるえくぼがかわいかった。時々、彼の記事にメッセージを入れると「お兄ちゃんは、今度いつベトナムに来るのかなー」が決まり文句となっていた。

その拓真は、ちょうどハイが日本に渡った同じ日、ミャンマーへ向けて旅立った。空港には二人を見送りに、何人もの先生方や生徒たちが来てくれた。

その中にはもちろんアン先生もいた。

アンはハイに「先に行っててね、あとで行くからね」と言い、拓真には「先に行っていますから、必ず私がいる間に帰ってきてくださいね」と念を押した。

ヤンゴンでの一年は、まさに東村が言ったように、拓真の日本語教師としてのさまざまな能力の幅を広げ、また人間的にも数段ステップの上へと押し上げてくれる舞台となった。時にその学校では、現地の日本語教師の手を借りずに、まったく日本語が話せない生徒を一から指導することもあった。日本語だけで、その日本語を何一つ知らない相手に、真っ白な状態から教えるという難事業は、その都度お互いに大きな負荷をかけたが、手間をかければかけるほど、咲いた花の色は美しかった。

またそこでは学校の運営システムを、昔、北海道で屯田兵がやったように、一から開拓しなければならなかった。ホーチミンの学校という手本はあったものの、多くの人にそれを理解し実践してもらうことは、そう容易いことではなかった。そして現場の日本語教師と呼ばれる人たちに、正しい日本語を覚えてもらう必要さえあった。

聞かされていないことだらけではあったが、不思議と東村をうらむ気持ちは湧いてこなかった。前任の芳野先生は「無理をしないでくださいね」とだけ言って、日本へ帰った。

拓真は日本へ戻ったら、自分が思い描く日本語学校をこの手で作りたいとさえ思うようになっていた。世の中には自動翻訳サービスが存在するようになったが、それはもっともっと精巧になり、手軽にスマホの無料アプリとして使われる日も来るだろうが、それで一人ひとり違う気持ちが、相手に伝わるとは思えなかった。

テレビを消して、拓真は出掛ける準備にかかった。支度と言っても行き先は歩いて十分ほどのところにある小学校だ。

学校に着いて靴を履き替える玄関脇で、手にピュッとアルコール消毒液をなじませ、持ってきた白い上履きに両の足を入れた。

まだ一時間目の授業をしている小学校の廊下はしんとしていた。その広い廊下を掲示物に目をやりながら進み、職員室の扉をゆっくりと横に開けた。

「おはようございます」

「あっ、おはようございます、先生。どうぞこちらに掛けてください」

拓真は六月以降、この小学校で週に一度日本語を教えている。その相手は五歳の時に南米ウルグアイから日本にやって来た、ルイスという三年生の男の子だ。もう何度か「取り出し授業」をしているが、仲よしにはなったものの、その成果は目に見えて感じられない。

「先生、どうですかね？　ルイス君は」

「そうですね、いろいろと探っているんですが、これからは四技能のうちの『話す』ということを、特に意識してやっていこうと考えています」

「そうですか、よろしくお願いします。また何か必要なものがあったらおっしゃってくださいね、取り揃えますので……」

教頭の西田はそう言って、またデスクに戻った。

職員室から程近い、特別支援クラスの教室にはすでに何人かの生徒が集まっていた。皆大なり小なり何らかの問題を持った子供たちだ。見た目で分かる子もいるが、まったく気付かない子もいる。それでも少し話すとそれと知れる子供たちなのだ。

一時間目の授業の終わりを告げるチャイムが鳴り、しばらくしてルイスがニヤッとしながらやって来た。この日は一時間目が体育で、二、三時間目クラスを離れてこの教室にやって来る。四時間目は理科になっているので、また彼に付き添ってクラスで授業を受けることになるだろう。

「おはようー、元気？」

「げんき……」

「一時間目は、体育だったの？　何をしましたか？」

「はしった……」

今日もまずまず元気そうだ。同じ三年生の男子に比べ背が高く、がっちりとした体格をしているが、顔つきはまだまだ幼い感じがする。もっとも顔の造りは南米からやって来た人のそれで、肌は日に焼けているように浅黒い。

「今日は、漢字から勉強しようか？」

「うん、かんじ、すき」

百六十字習う一年前の二年生の漢字が、まずは読めるかどうか。例えば「楽」という漢字がどう読めるか。「音楽」と彼が言うと、そこから会話をひろげて「ルイスは音楽が好きですか?」と拓真が訊く。

「すき」と答えることができたら「家族で歌をうたうことがありますか」と尋ねる。

「ある」と返してきたら、すかさず「歌をうたうことがありますか」を復唱してもらう。

「きょうかいへいく、うたをうたう」とルイスが自分から発信してくれた。

「そうですか。教会へ行って、うたいますか?」

「うん、きょうかいへいって、かぞくでうたう」

「教会には、いつも誰がいますか?」

「えっとー……イエスさま、いる」

両親は家でスペイン語を話す。日本語が話されることはないと言う。そうした家庭で育った子供が小学校に入る年頃になっても、日本語が話せないのはごく当然の成り行きなのだが、それで困るのは本人とやはり学校なのだ。市では何とか少しでもと考え、拓真のような日本語の指導員を小学校に派遣している。

四時間目は「入り込み授業」と言って、ルイスがいる三年一組の教室へ行き、理科の授業を彼の横に座って一緒に受けた。

「昆虫の育ち方だけど、いろいろあるでしょう。卵から幼虫になって、それからさなぎになってから成虫になる蝶々みたいなのと……」と、担任はよく通る声で話す。

あさっては、今まで習ってきたところのテストがあり、この時間はその復習にあてられている。教室に設置された大きなテレビモニターを使いながら、まだ若い男性教師は説明を続けた。彼は四十人弱いる生徒すべての表情を伺いながら、その理解の度合いを探っている。

拓真はルイス一人に集中してその理解度を計っている。彼は担任の話す言葉を、全部が全部分かっているわけではないので、その手助けをしなければならないのだ。

最後の十分は、確認テストにあてられた。A4プリントが二枚、大方の生徒はテストが開始されるとすぐに、何か新しいゲームにでも熱中するように問題を解いていく。ルイスと拓真チームは、一枚目をなんとか回答したところで時間切れとなった。

終業の挨拶が終わると、ルイスを含めた給食当番は、団体行動よろしく、競争で白い給食衣を身に着け、教室を飛び出して行く。拓真は動作がいささかスローなルイスが着替えたのを確かめて「じゃあ、またね！」と手を振り別れてから職員室に寄った。

朝は見かけなかった校長もいて、彼を労いルイスの様子を尋ねた。そして是非また一度給食を食べて帰るようにと勧めてくれた。


残暑というだけでは足りない、あまりの暑さが続いていた。

たった十分歩いただけで、汗で下着を全部取り替えなくてはならず、部屋に着くとすぐにシャワーを浴びた。この八月の大阪に比べたら、ホーチミンの方がまだましだったと、彼は夏になるたびに思う。

髪を乾かしていると、今度はアン先生からメールが入った。昨日、拓真が送ったデータへのお礼だった。

アンは、拓真とハイがホーチミンを発った日から遅れること三か月、七月の新学期に合わせ、日本へ向け旅立った。当初の予定通り一年で帰国して、まもなく幼馴染みの彼と結ばれたが、三年近く経ってもまだ子供はいない。今はホーチミン市内にある大学で、アルバイトのような形で日本語クラスの講師をしている。

〈先生の教案は詳しくて、参考になりました。ありがとうございます。でも会って、教えてくれたら、もっと参考になりますけどね　hi hi…〉

アンが今使っている教科書が「大地」という比較的新しいもので、まだベトナムには教師用の教本や問題集などの副教材があまり揃っていないので困っているということだった。それならば少しは足しになるかと考え、拓真がホーチミン時代に作り溜めていた教案を送ってあげたのだ。

〈分からないところがあったら、いつでもメールでも電話でもしてきてくださいね〉

〈ありがとう、先生。でももうベトナムへ来ませんか？〉

〈一度遊びに行けたらいいけどね。その時は是非ダナンとかニャチャンも行ってみたいな。それからダラットへも〉

〈そうですか、是非来てくださいね。わたしの家は泊まれますよ〉

〈アン先生も、もう一度新婚旅行で、日本に来たらどうですか？〉

SNSには、まだ一度もアップされたことのない、新居の様子が分かる写真が最後に送られた。その中には小さくだが、並んでソファーでくつろぐ二人の姿もあった。

彼女は日本に滞在していた頃は、よく近況を皆にシェアしていたのだが、ハイとは対照的に、ＳＮＳでの発信は近頃、途絶え気味になっていた。

それでも初めて見るアンの旦那さんは、彼女と同じく色白でインテリっぽい感じがした。そして二人は、よく釣り合いが取れているように思えた。


アンとは、拓真がミャンマーから帰国してからの約三か月、神戸と大阪というごく近い距離で過ごしたので、会う機会も何度かあった。

初めて神戸で待ち合わせしたのは三宮で、それはサイゴン動植物園へ行って以来二回目のデートになった。お決まりの商店街から元町の中華街まで歩くコースで、そこでご飯を食べ、ハーバーランドへ行ったのだが、ホーチミンに合わせて王子動物園という手もあったのではと、拓真は後になって思った。パンダを一度彼女に見せてやりたかったのだが、さてそれは本人が望んだかどうか……。

アンは滞在中、他のベトナム人留学生と同様、午前か午後に半日だけある学校での授業を除けば、あとはほとんどがアルバイト漬けの日々だったようだ。ファストフード店と寮の近くのクリーニング屋がアルバイト先なのだが、どちらも接客ではなくバックヤードでの雑務をこなしていたようだ。

拓真が「日本語が話せるのに、どうして？」と彼女に尋ねると「いいえ、聴いても全然分かりませんよ。あれは日本語じゃない」というのが彼女の答えだった。アンにとって関西弁はまた別の言語だったようだ。

それでもクリーニング屋の老夫婦が親身になって世話を焼いてくれたらしく、帰国する時も二人が空港まで、彼女を車で送ってくれた。そのせいで拓真の出番がなくなってしまったのだが、帰る二日前に梅田で待ち合わせをして、日本では初めてだという映画を二人で観た。そして最後の食事を共にした。

その他にもアンとの思い出はいろいろあるが、総じて彼女は日本での最後の独身生活を彼女なりに精一杯楽しんだようだ。そして念願の日本語能力試験のＮ２にも合格した。学業と掛け持ちのアルバイトの間にも、北海道を一週間ほどかけて友達と旅行したり、城崎まで行って蟹を食べたり、そして初めて見た雪は思わず口にしたそうだ。


昼は簡単に茶漬けで済ませ、クーラーがよく利いた部屋で少し横になった。

夕方から二時間ほどイギリスから遊学で来ているハンサムボーイ君との、マンツーマン授業をこなした後、その足で、資格を特には持たないボランティアの人たちが先生役の、日本語教室にも顔を出そうと考えていた。もっともこんなこま切れの予定が、次々と入っているのは毎日のことではなく、この日がたまたまということに過ぎない。

時たま夜遅くなって、予告なくティエンが電話をかけてくることがある。今日は朝のうちにメールがあったし、この分だと今夜はないかもしれない。もっとも彼女のことだから、それはまったく分かったものではなかった。

なぜティエンが技能実習生として三年間、彼女なりの努力と責務を全うした後、アメリカのしかもフロリダにまで行ってしまったのか、正直、拓真にも最後までその本当のところは分からずじまいだった。今となっては、その事実が残っているだけと言える。

ティエンは日本にいる間、ほとんど毎日俳句を作り続けた。一つその日の季語が見付かると、多い日で三つ四つと作ってはそれをSNSにアップした。日本での師匠役の洋一郎がそれを見て、仕事の合間に手直しを加えたり、ヒントを与えるのが日課になった。彼の口癖は「毎日忙しわ……」になっていた。そしてもう一つは「日本語て、ホンマに難しいな」だった。

俳句のためだとして、古典文法や文語での表現技法の多くは洋一郎の手を借りて習得した。洋一郎は「あの娘はもともと生粋の日本人とちゃうか！　もうちょっとしたら、ワシ抜かれてしまいそうやわ」とよく言ったものだ。そのたびに拓真は「あの子はほんまはハーフやないで、日本人やねんで」とこころの中で呟いた。

めったに鳴らない電話の着メロが、拓真を夢の中からうつつへと引き戻した。相手はここ半年ほど前から、ボランティア教室でコンビを組んで教えているネルジンさんだった。

「先生、今、電話は大丈夫ですか？」

「はい、今、家ですから大丈夫ですよ」

「あ、そうですか。先生は今日教室に来ますね？」

「はい、行くつもりですよ。どうかしましたか？」

「そう、よかった。あのね、先生、わたし、知り合いが一人います。その人は日本語が勉強したいです。今日連れて行ってもいいですか？」

ボランティア教室は週に一度あり、夜の七時から九時までの二時間、だいたいいつも二十人ぐらいが、コンビを決めて基本マンツーマンで行っている。急に来ても果たして先生役の人がいるかどうか。もしいなかったら拓真が二人を相手にすることになるが、レベルが違い過ぎると、それはそれでやりにくいものがある。

「その人は、ネルジンさんと同じぐらい日本語が話せますか？」

「いいえ、彼はぜんぜん話せません。日本へ来てもう六か月ですが、まだ挨拶だけです」

「分かりました。とりあえず今夜一緒に来てください。前田さんには私から連絡しておきますからね」

「そう、よかった。じゃ、先生、今晩また会いましょう」

「はい、七時にね」

ネルジンさんは、見た目四十歳ぐらいのフィリピンの女性で、彫りの深い顔立ちをした、気品を持ち合わせたレディーだった。日本へ来て三年目ということだが、すでに日常生活には困らない程度の日本語を話すことができた。日本人の旦那さんがいて、昼間はビジネスホテルで働いているということだった。

——全然話せないのか……。

それはそれで面白そうだと拓真は考え直した。それでも彼女なら、ネルジンさんだったら、もう自分で教えられるだろうに、という考えもよぎった。タガログ語か英語で教えた方が覚えも早いはずだったが、そこはいろいろあるのだろう。彼女のプライベートは、ほとんど基本的なことしか知らないが、母国フィリピンには多くの家族や親戚がいて、経済的な支援をしているような話を時々してくれた。

＊

いつの頃からか拓真は、ティエンがもう自分自身が〝日本人〟であるということを知っているのではないかと思うようになっていた。それはあのホーチミンのホテルのラウンジで、母親である由莉から〝本当のこと〟を告げられてから会うたびに感じていること、と言ってよかった。しかしそれを確かめる方法はなかった。

拓真がミャンマーから帰った三年前の三月、ティエンは神戸の少し奥まった山の手の町で、彼女らしい堅実な日々を送っていた。

夢半分ここに叶ひし桜かな

彼女が日本へ来て、初めて桜を見た時に作った句だ。これには俳人沢田踏青こと洋一郎の手が加えられてはいたが、彼女の句に違いはない。ちなみに原文はこうだったらしい。

桜見て夢は半分叶ったよ

月に一度ぐらいのペースでティエンを大阪の家に呼び、母の美智子は手料理を振舞った。それはまだ拓真がヤンゴンにいた時からの慣行になっていた。洋一郎が「友達も一緒に連れてきたらええんやで」と言ったのを本当にして、彼女は時に二人三人と同僚や後輩を連れてくることもあったらしいし、そうかと思うと一人でやって来ては、洋一郎との俳句談議になることもしばしばだったようだ。

拓真が戻って来てからは、ティエン一人ということがほとんどになり、それは二年続いた。

人はあらかじめ時間がいつまでと定められていると、総じてその一瞬一瞬を大切にするものだ。沢田家はティエンを、そして彼女もまた沢田家の人たちを大切に扱いながら、お互いの決められた時を過ごした。

いつしか彼女は、家族の一員のようになった。そしておそらくは期限の三年が訪れても、ティエンがベトナムには戻らずに、沢田の家の一人となってこの日本を母国とするのではないか、と皆が思うようになっていた昨年三月、彼女はこう言った。

「私はしばらく、日本でもベトナムでもないまったく知らない土地で、二つの国を眺めてみたいんです。そしてそこにいた自分という人間を、もう一度じっくり見つめ直してみたいと思います」

沢田家で、皆を前にしての宣言だった。洋一郎は「いったいどこへ行くって言うんや」と言い、美智子は「ご両親とは、ちゃんとお話ししたの?」と尋ねた。

「父方の田舎の親戚が大勢アメリカに移っているんです。私はお父さんの妹とその長女がいるフロリダのタンパというところへ行ってみようと思います。おばさんといとこは、小さい時からよく知っていて、私が来ることを歓迎してくれています。仕事はネイルのデザインなんですが、ほかにもエステやヨガ教室なんかもやっているので、手伝うことはいろいろとあるみたいです。父と母にはもう了解を取っています。両親はまぁ仕方がないなーって感じですけど……」

ティエンは、これはもう決定事項なんだといった調子で淡々と告げた。

拓真を含め沢田家の人々は、もう彼女を止める理由を見出せないまま、その時が来た。

そしてティエンは一度ベトナムに帰った。技能実習生としてのそれが決まりだったたし、帰国して新たにアメリカで滞在するビザを取る必要もあった。そして去年のちょうど今頃の八月、彼女はアメリカへ渡った。

＊

ネルジンさんの知り合いは、まだ若く至ってシャイな男性だった。遠い親戚筋にあたるという彼の日本語は、まず「あいうえお」の読み書きからのスタートになった。ネルジンさんに似て目鼻立ちのはっきりしたその青年は「よろしく、おねがいします」と、それだけ拓真に言った。きっと彼女に教えてもらったのだろう。拓真はその年恰好が自分と同じような青年を見て、ベトナムに着いた頃の自分を思い起こしていた。人から受けた恩というものは、またその同じ人に返すということはなかなか難しいものなのだ。いつものことではあるが、恩は他の誰かに送り継がねばならないのだろう。

ボランティア教室が終わり、もうすっかり満月に近くなった、その貼り絵のような円形を見ながら、拓真は自宅マンションに着いた。彼もちょうどティエンがアメリカに渡った去年の八月から、一人暮らしを始めた。すでにそういう年恰好に達していたのか、それとも何か、思うところがあってとでも言うべきなのかもしれない。

古いがリノベーションを終えたばかりの賃貸マンションの、集合ポストのボックスを開けると、ふだん見ることもない郵便物が入っていて、その差出人はフロリダのティエンになっていた。

――ティエンから手紙？

拓真は部屋にたどり着くのがもどかしく、エレベーターに乗っている時から封を切り、その中身を確かめていた。和式の縦書きの便せんが結構な枚数入っていて、それだけで彼女の思いの質量が感じられた。はやる気持ちを抑え、部屋に着いてから、バスルームに飛び込みシャワーを浴びた。

――彼女は今、何を、この自分に伝えたいというのだろう。

クーラーをつけ若草色のソファーに身を預け、大きく息を一つ吸ってから、彼は便箋を取り出した。

Dear 先生
はじめてだね、手紙なんて書くの。

でもこれって、本当に書きにくいのネ、たてに書くのって。

あのね、でもちょっと手紙で言いたかったの。まだ全然整理なんてできていないんだけど。

でも伝えておかなくちゃいけないことがあって、それは電話でもないし、メールだと書ききれないし、頼りないと思ったの。

それでこれにしたんだけど、わたし日本語で手紙なんて一度も書いたことないんだよ。一度もだよ。

じゃ言うわよ、こころの準備はいい？

あのね、お母さんから電話があったの。

まあ電話は毎日のことなんだけど、昨日の電話は少し違っていて、ほんとうに変だったの。

それで何て言ったと思う？　わたしのお母さん。

「あなたは本当は日本人なのよ」って言ったのよ。

先生は、わたしがおどろいたと思う？

お母さんが言ったことにはおどろいたけど、わたしは知っていたの。

でもそれを言うと、今度はお母さんがほんとうに変になっちゃって、もう大変だった。

でもそれは、わたしがきのうの電話で、ちょっと変わったことをね、お母さんに言ったのが、悪かったんだけど。ほんとうよ。

それでね、お母さんは、先生にそれを言っちゃったって、もうとてもすごく後悔しているの。四年前のお正月のことだったよね。

わたしもあの時、ひょっとしてそのことを、お母さんが先生に言ったんじゃないかって思ったけど、聞けなかったの。どちらにもね。

わかる？　もしそれを聞いたら、わたしがベトナム人じゃないこともう知っていたって言うことになるでしょう？

いいえ、わたしはベトナム人よ。だって生まれた時からずーっとベトナムで育ったんだし、お父さんもベトナムの人だもの。

みんなとは、ちょっと違ったベトナム人だったかもしれないけれどね（笑）

ごめん、それで一番言いたいのは、さっきも言ったけど、お母さんがね、とっても先生に謝りたいって思っていることなの。

お母さんは、自分の口からは、このことを絶対わたしに言わないって、言ったことも破っちゃったって。もうかわいそうなぐらいなのよ。

先生には、わかる？　でもどうかわかってくださいね。

わたしが自分のことを知ったのは、田舎にいる弟からなんだけど。

彼はうまれつき体にしょうがいがあって、ずっとおじいちゃんと、おばあちゃんのところにいたんだけど、たまたまね、わたしが高校の二年生の時に聞いちゃったの。いなかに遊びに行った時に。それはこんなわたしでも、ショックだったわ。お父さんがお父さんじゃなかったって、そんなこと信じられなかったわ。でもそれは、おじいちゃんやおばあちゃんに聞いても、そうだった。

先生、なにか言って。

この手紙どうしようかな。出せるのかなぁ、ほんとうに。


そうだね、先生とのことも書かなくちゃね。わたしが何でどうしてアメリカなんてところに来ちゃったのかってこともね。

その前に、先生のお父さんとお母さんに、どうぞよろしく言ってネ。

日本での三年間は、お二人なしではありえなかった。

わたしは一生感謝しなくちゃいけないわ。そんなふたりは日本人の代表なのよ。もうオリンピックに出られるぐらいだわ。

でも日本の人はみんなやさしかったわ。会社の人もぜんぶ。

もちろんベトナムの人もやさしいのよ。日本人は何も言わなくてもやさしくしてくれるけど、ベトナム人は、何も言わないやさしさがあるのよ。わたしの言っていること、変かな？　でも先生だったらなんとなくわかるでしょう。

わたしがどうして、アメリカに来たかって、それは自分で考えてもよくわからないの。皆さんにはいろいろと言ったけど、あれも本当だけどね。ティエンちゃんがどんな女の子で、これからどんな女の人になりたいか、考えてみたかったのかな、きっと。

それから、沢田拓真ってわたしにとって、それはやっぱりどこまで行っても先生なのかどうか。

それでも、わたしが誰かと結婚するのなら彼しかいないし、それははじめて会った時に決まったことなの。

わたしが一番はじめに、先生に会ったのは、あの「あいうえお」の授業の時だったのよ。先生はもう舞い上がっていて、ベトナム人の顔が、みんな同じに見えていたかもしれないけどね。

あの中にわたしもいたのよ。わたしが話したのは「ちゃちゅちょ」だけで、それでその時先生は「あ、とても上手ですね」て言ってくれたの。

覚えていないでしょう？

わたしは、本当になぜだかわからないんだけど、先生のその時のそのちょっとした言い方に、この人だって感じたの。この人とずーっと一緒にいたいって感じたの。

おかしいでしょう？　でもこれは、ホントのことなのよ。

それで、この手紙のもうひとつの、わたしが言いたいことはね、なんだかわかる？

それはね、それはやっぱり無理。言えない。

それを言うために、この便せんだって用意したのに。


追伸だよ。

ちょっと目をとじたら、朝になっちゃった。

あの、わたしはね、おかしなこと言うみたいだけど、いつ死んでもいいって思いながら生きてきたの。今までは。

たぶんそれは、自分のこと、日本人だと知った日から？

ううん、違うの、ほんとうはベトナム人じゃないって知った日から？

おかしなこと言ってるかな？　とにかく弟にそれを聞かされてね、そして思ったの。

日本人もベトナム人も関係ないって。それはもうどちらでもいいから、毎日いつ死んでもいいって思えるぐらいにね、いっしょうけんめいに生きていこうって、そう決めたの。

すると、なんだか自然と、ベトナムと日本のためにみたいなことを考えるようになったのかな。

そう、わたしはいつ死んでもいいと思いながら生きてきたんだけど、こっちへ来てね、アメリカに来て、それはちょっと変わったの。

ここでは死ねないって。今は死ねないって。

先生にわかる？　わかってほしいけど、これはティエンちゃんしかわからないのかな？

今ここで死ぬのいやだもの。ひとりで死ぬのはもっといやだもの。

ひとりじゃ死ねないよ……
先生、なにか言ってください。
I miss you...

手紙はそれで終わっていた。
拓真はしばらく考えて、返事を打った。
〈君がいるフロリダへ、ちょっと遊びに行ってみようかな……
今度、飛行機が飛ぶようになったらね。
あと、そろそろ作りはじめようか……
学校だよ……。ふたりで〉
それはすぐ既読になったが、その後返信はなかった。

翌朝やっと、返事があった。

涙って嬉しいときも夏の海　ティエン

ハイウェイを走る車から撮られた、フロリダの大海原の写真が添えられていた。その道の行く手は、どこまでも果てしなく続いているように見えた。

完

著者プロフィール

関口 登志（せきぐち とし）

1955年11月25日生
大阪府出身、在住
大阪府立泉陽高等学校卒
関西大学文学部フランス文学科卒
俳句結社「童子」会員

サイゴンに咲く

2023年８月15日　初版第１刷発行

著　者　関口 登志
発行者　瓜谷 綱延
発行所　株式会社文芸社
〒160-0022 東京都新宿区新宿１－10－１
電話 03-5369-3060（代表）
03-5369-2299（販売）

印刷所　図書印刷株式会社

ISBN978-4-286-24280-4